D1574262

BASTEI
LÜBBE

FILM- und FERNSEH-BÜCHER aus dem
BASTEI-LÜBBE-Taschenbuchprogramm:

10 147 Fort Apache – The Bronx
10 184 Harold und Maude
10 429 Der Spion, der aus der
          Kälte kam
10 706 Das tödliche Patt
10 721 Schreiendes Land
10 723 Susan . . .
          verzweifelt gesucht
10 724 Agnes – Engel im Feuer
10 800 Die Zwillingsschwestern
10 805 Mephisto-Walzer
10 807 Shaka Zulu
10 819 Das Labyrinth
13 001 Feuerkind
13 006 Ghostbusters
13 007 Tag des Falken
13 008 Shining
13 013 Joey
13 021 Der Tod kommt zweimal
13 026 Gandhi
13 035 Cujo
13 038 Mad Max 3
13 039 Zurück in die Zukunft
13 040 Explorers
13 042 Cocoon
13 043 Trucks
13 054 Christine
13 055 Spione wie wir

13 059 Das Geheimnis des
          verborgenen Tempels
13 060 Karate Kid
13 084 TOP GUN
13 086 Staatsanwälte küßt
          man nicht
13 087 Ferris macht blau
13 088 Katzenauge
13 090 Der Fahnder
13 091 Die Haie der Großstadt
13 092 Die Farbe des Geldes
13 098 Unternehmen
          Heartbreak Ridge
13 114 Die Jahreszeiten
          (Stand by me)
          Frühling & Sommer
13 116 Hollywood-Monster
13 117 Das Geheimnis meines
          Erfolges
13 118 Lethal Weapon –
          Zwei stahlharte Profis
13 119 Beverly Hills Cop – II
13 140 PREDATOR
13 143 Angel Heart
19 100 Yakuza
28 124 Es war einmal in Amerika
28 146 Der Werwolf von
          Tarker Mills

Alan B. White

ANGEL HEART

Das Buch zum Film

BASTEI-LÜBBE-TASCHENBUCH
Allgemeine Reihe
Band 13 143

Erste Auflage: Oktober 1987

© Copyright 1987 by Bastei-Verlag
Gustav H. Lübbe GmbH & Co., Bergisch Gladbach
und Jugendfilm, Berlin
All rights reserved
Originaltitel: Angel Heart
Ins Deutsche übertragen von Willy Loderhose
Lektorat: Manfred Kölzer
Titelillustration: Renato Casaro
Umschlaggestaltung: Quadro Grafik, Bensberg
Druck und Verarbeitung:
Clausen & Bosse, Leck
Printed in Germany
ISBN 3–404–13143–6

Angel Heart erscheint im Verleih der

Inhalt

Synopsis 6

Besetzung 8

Stab 9

Mickey Rourke ist Harry Angel 10

Robert De Niro ist Louis Cyphre 13

Lisa Bonet ist Epiphany 16

Charlotte Rampling ist Margaret 18

Alan Parker, Regisseur 20

Mario Kassar, Executive Producer 23
Andrew Vajna, Executive Producer 23

Alan Marshal, Produzent 25

Elliott Kastner, Produzent 26

Michael Seresin, Kameramann 27

›Beat by Beat‹ —
Alan Parker zur Entstehung des Films 28

Original-Dialogbuch 61

ANGEL HEART

New York, 1955. Der heruntergekommene Privatdetektiv Harry Angel wird von einem Rechtsanwalt zu einem
Treffen mit einem Klienten namens Louis Cyphre
bestellt.

Harry trifft Cyphre in einer obskuren Kirche im
Stadtteil Harlem, die ein gewisser Pastor John leitet –
Vorstand einer Sekte, die offenbar die Isolation vieler
Menschen dieser Tage ausnutzt.

Cyphre erteilt Harry den Auftrag, einen Swing-
Band-Sänger namens Johnny Favorite aufzuspüren,
weil er mit dem vor Jahren einen Handel abgeschlossen
habe: Er, Cyphre, habe damals Favorite Karriere-Start-
hilfe gegeben unter der Bedingung, daß er im Falle von
dessen Tod »kassieren« werde. Nun, da Favorite unauf-
findbar sei, müsse er annehmen, daß dieser tot sei und
wolle nun die Rechnung beglichen sehen . . .

Harry Angel begibt sich auf die Spur von Favorite. Er
sucht in Harlem, in Coney Island und fragt in der Klinik, in der Favorite die letzten 12 Jahre nach seiner
Kriegsverletzung zugebracht haben soll. Dort stellt
Angel fest, daß der Arzt Dr. Fowler alle Daten über
Favorite gefälscht und zugelassen hat, daß der Sänger
schon vor Jahren mit einem mysteriösen Paar zusammen die Klinik verlassen hat.

All die Jahre hatte der Arzt so getan, als sei Favorite
noch Patient in der Klinik . . . Harry will ihn zwingen,
noch mehr zu verraten, doch er findet ihn tot – mit
einer Kugel im Kopf. Die Polizei hat Harry im Verdacht,
der daraufhin Cyphre aufsucht und den Job abgeben

will. Der jedoch lacht schelmisch und erhöht die Gage für Harry.

Die Suche nach dem Vermißten führt Harry nach New Orleans zu einem alten Gitarristen namens Toot Sweet, einem alten Freund von Johnny, der in die Jazz-Stadt zurückkehrte, um zu sterben – dieses Schicksal widerfährt ihm auch bald, auf die unangenehmste Art, die vorstellbar ist.

Je tiefer Harry sich in den Fall einarbeitet, desto mysteriöser wird alles. Und was das Schlimmste ist – die Menschen, die er befragt, sterben alle kurz nach Harrys Besuch. Er trifft Margaret Krusemark, eine Ex-Geliebte von Johnny, eine seltsame Frau, die irgendwie mit Johnnys okkulten Interessen in Zusammenhang steht. Es scheint, als habe dieser Johnny mit Satansglauben und Voodoo zu tun gehabt, alles Themen, die Harry nicht eben vergnüglich stimmen.

Dann trifft Harry auf Epiphany, ein hübsches schwarzes Mädchen, deren Mutter einst Favorites heimliche Liebe war. Immer tiefer wird Harry in eine Serie von Ritualmorden verstrickt.

Louis Cyphre, den Harry nun in New Orleans trifft, drängt ihn, das Geheimnis schnell zu entschlüsseln, und einer der Schlüssel dieses Rätsels liegt in einer Porzellanvase der Margaret Krusemark. Als Harry ihr Haus betritt, findet er Margaret tot – jemand hat ihr das Herz herausgerissen. Und er findet, wonach er so lange gesucht hat – und eine ganze Menge mehr. Er erfährt das Geheimnis seiner eigenen Existenz, das Geheimnis von Louis Cyphre, und all das ist schrecklicher als jeder Traum, den er je hatte . . .

Harry Angel . . . . Mickey Rourke
Louis Cyphre . . . . Robert De Niro
Epiphany Proudfoot . . . . Lisa Bonet
Margaret Krusemark . . . . Charlotte Rampling
Ethan Krusemark . . . . Stocker Fontelieu
Connie . . . . Elizabeth Whitcraft
Fowler . . . . Michael Higgins
Toots Sweet . . . . Brownie McGhee
Winesap . . . . Dann Florek
Siley . . . . Leonard Termo
Izzy . . . . George Buck
Bo . . . . Judith Drake
Spider . . . . Charles Gordone
Willie . . . . Jerome David Reddick
Mann in der Arkade . . . . Michael Dunetz
Pastor John . . . . Gerard L. Orange
Mutter Celeste . . . . Birdie M. Hale
Big Jacket . . . . Oakley Dalton
Sterne . . . . Eliott Keener
Deimos . . . . Pruitt Vince
Politiker . . . . John Brumfiels
Krankenschwester . . . . Kathleen Wilhoite

Executive Producers . . . . Mario F. Kassar und
Andrew Vajna
Regie/Drehbuch (nach dem Roman ›Falling Angel‹
von William Hjortsberg) . . . . Alan Parker
Produzenten . . . . Alan Marshal und
Elliot Kastner
Kamera . . . . Michael Seresin
Filmschnitt . . . . Gerry Hambling
Produktionsdesign . . . . Brian Morris
Casting . . . . Risa Bramon und
Billy Hopkins
Make Up (Leitung) . . . . David Forrest
Special Effects (Koordination) . . . . . J. C. Brotherhood
Produktionsmanager . . . . Michael Nozik
Kamera-Bedienung . . . . Michael Roberts
Tonaufnahme . . . . Danny Michael
Kostümdesign . . . . Aude Bronson-Howard
Choreographie . . . . Louis Falco
Art Directors . . . . Kristi Zea und
Armin Ganz

Mickey Rourke
ist
Harry Angel

James Dean der 80er Jahre nennt man ihn ziemlich oft, und so ganz ungern hört er das nicht — Mickey Rourke, der nach dem Urteil von ›Angel Heart‹-Regisseur Alan Parker »immer aussieht wie ein arbeitsloser Tankwart«, ist jener anarchistische und respektlose Typ Darsteller, den der Film heute braucht und der auch beim Publikum ankommt.

Rourke ist ein Schauspieler, der aus dem Bauch spielt, der nicht lange überlegt, was er zu diesem oder jenem Problem auf der Schauspielschule (die er nie besucht hat) gelernt hat. Am liebsten ist er mit seinesgleichen zusammen, arbeitslosen Tankwarten also oder wenigstens Mitgliedern von Motorradgangs, mit denen er locker umgehen kann; alles, was irgendwie festgefahren ist, liegt ihm nicht. Nicht, daß er keine Disziplin hätte (Parker: »Er denkt nicht, er spielt einfach«), wenn gedreht wird, kann ein starker Regisseur kaum einen umgänglicheren und gehorsameren Darsteller bekommen als Rourke. Wer ihm sympathisch ist, mit dem kann er gut arbeiten und, wen er nicht mag, ja, mit dem geht's eben nicht — daran ist nichts Ungewöhnliches.

In der Schule hat er nur ein einziges Mal Theater gespielt, und auch niemals ernsthaft den Gedanken gepflegt, vom Spielen leben zu wollen, bis ihm eine Fernsehproduktion eine Rolle als Psychopath gab (›City in Fear‹).

Daraufhin durfte er schnell in einer Reihe von weitaus größeren Kinofilmen agieren und war in Spielbergs ›1941‹, in Ciminos ›Das Tor zum Himmel‹ und natürlich in ›Body Heat — Eine eiskalte Frau‹ zu sehen. Die letztgenannte Rolle (als ›Brandstifter‹) brachte ihm erste Weihen bei den Kritikern — vom Publikum ganz zu schweigen. Das nämlich verschaffte ihm die ersten Berichte, die sich nur mit seiner Person auseinandersetzten, nachdem er den Kleinstadtrowdy in Francis Coppolas ›Rumblefish‹ gespielt hatte. Jetzt langsam wurden die Rollen größer, und der junge Mickey Rourke kam in aller Munde. ›Diner‹ hieß Barry Levinsons Film, in dem er einen wunderbaren Liebhaber abgab, ›Der Papst von Greenwich Village‹ ein weiterer Film, in dem er einen kleinen Dieb spielte.

Jetzt klopfte wieder Cimino an, und eine richtig große Hauptrolle war angesagt — die des harten Polizeioffiziers, der im korrupten New Yorker Chinatown auf seine Weise das Gesetz in die Hand nimmt und mit der gelben Mafia aufräumt — ›Im Jahr des Drachen‹ respektive ›Chinatown Mafia‹ hieß der Streifen, der in unseren Kinos nicht sonderlich gut lief.

Danach folgte der bisher kontroverseste Film in Rourkes Karriere (›Heavens Gate‹ und ›Im Jahr des Drachen‹ werden jetzt einmal nicht als kontrovers aufgeführt) — ›9 1/2 Wochen‹, in dem er und die blonde

11

Kim Basinger in eine obsessive Liebesbeziehung hineingeraten, die beiden gefährlich wird. Alan Parker, der ›Angel Heart‹-Regisseur, kommentiert ›9 1/2 Wochen‹ so: »Mickey hatte den ganzen Film über den Mantel an. Bei uns mußte er weniger keusch sein.«

Dennoch — Rourke hatte Spaß an den Dreharbeiten (was vielleicht auch mit seiner netten Partnerin Lisa Bonet, für die er den Mantel auszog, zu tun hatte): »Es ist wunderbar, mit jemandem zu arbeiten, der ganz genau weiß, was er will. Ich mochte das Script, und ich mochte die Atmosphäre, die Parker kreiert hat«, erzählt Rourke. Umgekehrt lobte Parker den Schauspieler: »Er ist einer der Gründe dafür, daß ich amerikanische Filme mache. Der Junge ist genial.«

Robert De Niro
ist
Louis Cyphre

An der Geschichte, die Alan Parker über Robert De Niros Einstieg in diesem Film erzählt, sieht man bereits, wie dieser Mann arbeitet: Nie würde er eine Rolle übernehmen, auf die er sich nicht gründlich vorbereiten kann, die er nicht bis ins Detail schon lange kennt, bevor er den Vertrag unterschreibt. Parker: »Er muß das Gefühl haben, gebraucht zu werden, er muß wissen, daß ein Regisseur den Film ohne ihn nicht machen kann. Er verlangt, verstanden und geliebt zu werden. Er ist der integerste Schauspieler, den ich je getroffen habe. Er kann sich schwer ausdrücken und gibt sich anders zu verstehen als andere. Welch ein Mann von Intelligenz und Einfühlungsvermögen!«

Das war schon so in den Tagen, als der 16jährige Bob die Schule verließ, um Schauspieler zu werden. Er lernte bei allen großen Lehrern, und entsprechend ist sein Spektrum: Stella Adler, Luther James, Lee Strasberg. Dann sah man ihn endlich im Theater. Off-Broadway spielte er den ›Cyrano de Bergerac‹, ›A Hatful of Rain‹ und ›A Long Day's Journey into the Night‹, bis ihn der Regisseur Brian De Palma für seinen Film ›The Wedding Party‹ (bei uns nur in De Palma-Retrospektiven gelaufen) holte. Übrigens: Ein sehr schöner Film mit einem ungewohnten De Niro.

Es folgten einige kleiner Rollen bei De Palma (›Greetings‹, ›Hi Mom‹) und andere Mini-Auftritte (›Bloody Mama‹, ›The Gang Couldn't Shoot Straight‹), bis die ersten Kritiker durch ›Bang the Drum Slowly‹, wo er einen sterbenden Baseball-Fänger spielt, auf ihn aufmerksam wurden. Doch es war die Zusammenarbeit mit dem großen New Yorker Filmregisseur Martin Scorsese, die aus dem Stein, der da ins Rollen kam, einen Monolithen machte. ›Hexenkessel‹ (Original: ›Mean Streets‹) hieß der Film, der einem Kritiker den Kommentar entlockte: »Explodiert wie eine Kanonenkugel«, brachte dem jungen Schauspieler nationale Anerkennung. Nur ein Jahr später war der erste Oscar fällig für seine Rolle in Coppolas ›Der Pate, Teil II‹. Danach spielte er vielfältige Rollen, die seinen Ruf als einer der besten Schauspieler immer weiter festigten: Als schizoider Rächer in ›Taxi Driver‹ wurde er gar zur Kultfigur, als fetter Boxer in ›Wie ein wilder Stier‹ fraß er sich 50 Extra-Kilo an, für beide Filme erhielt er ebenfalls Oscars.

Außerdem agierte er in Hauptrollen in ›Der letzte Tycoon‹, Bernarda Bertoluccis ›1900‹, Scorseses ›New York, New York‹, Ciminos ›Die durch die Hölle gehen‹, dem Film ›Die zwei Seiten der Gerechtigkeit‹, Scorseses ›King of Comedy‹, Sergio Leones ›Es war einmal in Amerika‹ und der Liebesgeschichte ›Falling in Love‹. Es folgten ein Gastauftritt in Terry Gilliams ›Brazil‹ (De Niros erster ›britischer‹ Film) und seine Rolle als geläuterter Sklavenhändler Mendoza in Roland Joffes ›The Mission‹.

Dann passierte etwas, daß das Publikum sich schon lange gewünscht hatte: De Niro spielte wieder einmal Theater. Am Broadway gab er zusammen mit dem jungen Ralph Macchio ›Cuba and His Teddy Bear‹, was die Zuschauer zu stehenden Ovationen hinriß.

Demnächst wird er wieder in einem Film seines ›Entdeckers‹ Brian De Palma zu sehen sein und zwar in einer Rolle, auf die der Schauspieler lange gewartet hatte — er mimt die schwerfällige, narbengesichtige Unterweltlegende Al Capone in dem Film ›The Untouchables‹ (›Die Unberührbaren‹).

Lisa Bonet ist Epiphany

Im Alter von 19 Jahren gibt Lisa Bonet ihr Kinodebüt in Alan Parkers ›Angel Heart‹.

In den USA ist die junge Schauspielerin dennoch schon sehr bekannt. In der NBC-Fernsehserie ›The Cosby Show‹ spielt sie die *Denise Huxtable,* die ganze Nation hat sich in dieses Mädchen, das vorher kurz als Fotomodell gearbeitet hat, verliebt. So bekannt ist sie, daß die Autoren der Cosby-Serie derzeit an einer eigenen Serie für sie arbeiten — der Pilotfilm ist in Vorbereitung.

Übrigens — der Brite Parker hatte Lisa nicht ein einziges Mal in der Cosby-Show gesehen, er hat sie direkt aus den Probeaufnahmen aus hunderten anderen Bewerberinnen herausgepickt. »Sie war die vierte oder fünfte«, erinnert sich der Regisseur. »Ich spürte sofort, daß sie eine angeborene Intelligenz hat, die es ihr gestattet, sich sofort auf alles einzustellen. Ich glaube nicht, daß sie erst 19 ist. Für mich ist sie in Wahrheit 48.«

Und in der Tat, die Rolle in ›Angel Heart‹ war anders als die TV-Serie: Vom sauberen Durchschnitts-Teenager mußte sich Lisa in die junge schwarze Mutter im urigen Süden der USA eindenken und dann noch an Satansmessen und Voodoo-Riten teilnehmen.

Kommentiert Lisa: »Das Beste an der Rolle ist, daß ich Risiken auf mich genommen und richtig bizarre Sachen getan und das auch geschafft habe, nicht als Lisa Bonet, sondern als *Epiphany*.«

Charlotte Rampling ist Margaret

Charlotte Rampling und Regisseur Alan Parker sind alte Freunde. Schon seit langem wollten sie zusammen arbeiten, doch irgendwie kam immer etwas dazwischen. Da brachte die Rolle der *Margaret Krusemark,* der Ex-Geliebten des Johnny Favorite, die Gelegenheit. Parker hatte schon Dutzende anderer Darstellerinnen getestet, aber die richtige nicht finden können. Da entsann er sich Charlottes und hatte Glück — sie war in diesem Moment nicht beschäftigt.

»Sie ist eine wunderbare und rätselhafte Frau mit Klasse«, sagt der Regisseur, »und sehr, sehr ungewöhnlich. Außerdem ist sie bis zu einem gewissen Grad exzentrisch, und gerade das paßt auch zu ihrem Typ.«

Obwohl die Rolle relativ klein ist, hat Charlotte Rampling eine Schlüsselposition in ›Angel Heart‹ — das war der Grund, warum sie die Rolle annahm. »Mich interessiert Qualität, nicht Quantität«, sagt sie.

Charlotte Rampling hebt speziell die Großzügigkeit und die Verletzlichkeit von Mickey Rourke hervor, als man gemeinsam an der Rolle arbeitete.

Charlotte Rampling, früher eines der begehrtesten Fotomodelle der Welt, die vor den Kameras von Cecil Beaton und Helmut Newton stand, hat in vielen Filmen gespielt. Hier kurz nur die wichtigsten: ›The Verdict – Die Wahrheit und nichts als die Wahrheit‹ von Sidney Lumet (als Partnerin von Paul Newman), Woody Allens ›Stardust Memories‹ und der umstrittene französische Film ›Der Nachtportier‹.

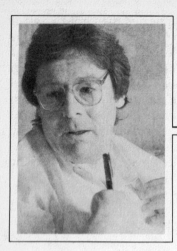

Alan Parker,
Regisseur

Der Drehbuchautor und Regisseur hat praktisch mit jedem seiner Filme Kritiker und kritisches Publikum gleichermaßen angesprochen und es oft geschafft, Cineasten und normale Kinogänger ebenso zufriedenzustellen.

Der 1944 in London geborene Parker arbeitete früher in einer Werbeagentur, bis er das Drehbuch zu dem Film ›Melody‹ für seinen Freund David Puttnam schrieb, der in der gleichen Agentur arbeitete. Im Jahre 1968 begann er schließlich zu inszenieren, erste Fernsehspots zeigten seine Handschrift. Zwei Jahre später gründete er die Alan Parker Film Company zusammen mit seinem Freund Alan Marshal, der danach alle Filme Parkers produziert hat.

Doch noch sollten einige Fernsehfilme kommen, bevor er für das Kino arbeiten würde: 1971 inszenierte er für die BBC den Film ›The Evacuees‹, der den internationalen ›Emmy‹ Preis gewann und dem Regisseur den ersten seiner bisher vier ›British Academy Awards‹ brachte. ›No Hard Feelings‹ war ein 50 Minuten-Film, der 1972 ausgestrahlt wurde, ›Our Cissy‹ und ›Footsteps‹ waren 30 Minuten-Filme, die 1973 produziert wurden.

Jetzt kam ›Bugsy Malone‹ das Kinder-Musical, in dem 12- und 13jährige eine wunderbare Satire auf die Gangsterfilme der 20er Jahre hinlegten. Der Film wurde auf den Filmfestspielen in Cannes gefeiert und gewann später fünf ›British Film Academy Awards‹ — die Briten hatten einen großen Regisseur mehr.

Sein zweiter Film hielt den immensen Qualitätsstandard des Regisseurs, den dieser auch nicht mehr unterschreiten sollte — ›Midnight Express‹ war die Geschichte eines jungen Amerikaners, der in die Mühlen türkischer Militärjustiz geriet. Wieder schauten aller Augen in Cannes auf Parker, und diesmal gewann der Film zwei Oscars, sechs Golden Globes und jede Menge weiterer Preise.

Zwei Jahre später nahm sich Parker wieder eines völlig anderen Themas an. ›Fame — Der Weg zum Ruhm‹ erzählte von den Schicksalen der Mitglieder einer Schauspielklasse in New York, gewann zwei Oscars und sechs Nominierungen und wurde später zu einer äußerst erfolgreichen Fernsehserie.

1981 drehte er ›Du oder beide‹ mit Diane Keaton und Albert Finney, einen Film, der zwar großartig, aber kommerziell weniger erfolgreich war — in Deutschland lief er ausschließlich im Fernsehen.

Parkers nächster Film ›Pink Floyd — The Wall‹ war eine Adaption des erfolgreichen Rock-Schauspiels mit vielen politischen Implikationen — Sir Bob Geldorf, der ›Boomtown Rat‹-Sänger und ›Live Aid‹-Initiator, zeigte da, daß er auch ein einfühlsamer Darsteller ist.

21

Parker selbst war ein wenig enttäuscht über die oftmals wenig begeisterte Kritik. Er betrachtete den Film als einen seiner wichtigsten.

Danach folgte die Verfilmung von William Whartons Roman ›Birdy‹, mit dem der Regisseur den Spezialpreis der Jury beim Filmfestival in Cannes errang. Die sublime Vietnam-Aufbereitung fand auch in den USA viele positive Kritiken.

Gleich im Anschluß an ›Birdy‹ begann Parker mit den Arbeiten an ›Angel Heart‹.

Alan Parker ist auch Romanautor, er schrieb eine Version zu ›Bugsy Malone‹ und das Buch ›Puddles in the Lane‹, er ist Gründungsmitglied und Vize-Präsident der ›Directors Guild‹ von Großbritannien und wurde 1985 zusammen mit Alan Marshall mit dem Michael Balcon Preis für außergewöhnliche Leistungen im Film ausgezeichnet.

Parker lebt mit seiner Frau und vier Kindern in Richmond bei London.

Andrew Vajna, Executive Producer

Mario Kassar, Executive Producer

Die beiden Produzenten und Finanziers von ›Angel
Heart‹ gehören zu den heute bekanntesten Leuten im
Filmgeschäft.

Während der Ungar Vajna, 1956 in die USA gekom-
men, mit einem Verleih amerikanischer Filme in Hongkong erfolgreich war, hatte der Libanese Kassar in Rom
eine eigene Produktionsfirma. 1976 trafen sich beide in
Hongkong, wurden Freunde und gründeten kurz darauf Carolco, eine Firma, die zunächst Filme verkaufte,
verlieh und betreute – erst später wurden Spielfilme
unabhängig produziert und finanziert.

Schon die erste Produktion der beiden wurde ein
Kassenhit – insgesamt 120 Millionen Dollar spielte
›Rambo‹ (›First Blood‹) an den Kinokassen ein, die
Umsätze aus anderen Auswertungen nicht mitgezählt.
Dieser Erfolg katapultierte die Firma schnell nach vorn.
Nur drei Jahre später kam ›Rambo II – Der Auftrag‹ auf
den Markt, er übertraf den Erfolg des ersten noch
gewaltig – bei über 300 Millionen Dollar Einnahmen
steht die Kasse heute.

Aus dem Phänomen ›Rambo‹ wurden ein Merchan-
dising-Geschäft und eine Zeichentrickserie für Kinder
– damit hatten zu Beginn sicher weder Vajna und Kassar noch ›Rambo‹-Star Sylvester Stallone gerechnet.

Aus den Newcomern im Big Business war eine der
größten unabhängigen Produktionsfirmen geworden,
die ihr Geld auch in andere Projekte steckte. Es gibt
zum Beispiel einen Vertrag mit Walter Hill, ›Ausge-

löscht‹ ist der erste Film, den Hill für Carolco drehte, es wird den Film ›Air America‹ mit Richard Rush geben, und es wird natürlich ›Rambo III‹ geben, mit Stallone in der Hauptrolle.

Alan Marshall, Produzent

Schon im Jahre 1970 schlossen sich Alan Marshall und Alan Parker zusammen, um die ›Alan Parker Film Company‹ zu gründen.

Die Kinofilme, die beide zusammen drehten, gewannen insgesamt vier Oscars, zehn Oscar-Nominierungen, sieben Golden Globes, zehn ›British Academy Awards‹ und den Spezialpreis der Jury des Filmfestivals von Cannes 1984 für ›Birdy‹.

Sieben Filme entstanden gemeinsam: ›Bugsy Malone‹, ›Midnight Express‹, ›Fame‹, ›Du oder beide‹, ›Pink Floyd — The Wall‹, ›Birdy‹ und jetzt ›Angel Heart‹. Auch die Kurzfilme, die der Regisseur zuvor drehte, wurden von Marshall produziert.

Im Jahr 1985 produzierte Marshall den hochgelobten Film ›Another Country‹, der erst kürzlich in unsere Kinos kam. Der Film, den Mark Kanievska inszenierte, gewann ebenfalls einen Preis auf dem Festival von Cannes 1984.

Marshall ist ein aktives Mitglied verschiedener britischer Film-Organisationen, der ›British Film & Television Producers Association‹, der ›British Academy of Film and Television Arts‹ und der ›Association of Independent Producers‹.

1985 erhielt er zusammen mit Parker den ›Michael Balcon‹ Preis für außergewöhnliche Leistungen im Film.

Marshall lebt in seiner Geburtsstadt London (Jahrgang 1938), er ist verheiratet und hat zwei Kinder.

Elliott Kastner, Produzent

Der 1930 in New York geborene Produzent, der Alan Parker auf William Hjortsbergs Roman ›Angel Heart‹ aufmerksam machte, war früher Talent-Agent und begann in den frühen 60er Jahren Filme mit Budgets auszustatten und zu produzieren. Seitdem hat er viele kommerzielle Erfolge betreut, darunter Filme wie: ›Harper‹, ›Kaleidoscop‹, ›Der lange Abschied‹, ›Russisches Roulette‹, ›Breakheart Pass‹, ›Duell am Missouri‹, ›Equus‹, ›Der Schrecken der Medusa‹, ›The Big Sleep‹, ›Golden Girl‹ und jetzt ›Angel Heart‹.

Michael Seresin, Kameramann

Der Kameramann von ›Angel Heart‹ gehört zu den Besten seines Fachs. Auch er begann seine Zusammenarbeit mit Parker schon vor 16 Jahren, als sie den Fernsehfilm ›No Hard Feelings‹ gemeinsam verwirklichten. Dann war er Kameramann bei ›Bugsy Malone‹, ›Midnight Express‹, ›Fame‹, ›Du oder beide‹ und ›Birdy‹.

Darüberhinaus führt er die Kamera bei Harold Bekkers ›Ragman's Daughter‹, Roger Donaldsons ›Sleeping Dogs‹ und drei französischen Filmen von Gerard Pinez.

Der in Neuseeland geborene Seresin lebt heute in London.

Alan Parker zur Entstehung seines Films

Zum ersten Mal machte ich mir bei unserem Film ›Pink Floyd — The Wall‹ Aufzeichnungen und fuhr fort bei ›Birdy‹. Diese Notizen nannte ich themenbezogen ›Brick by Brick‹ (›Stein für Stein‹) und ›Egg by Egg‹ (›Ei für Ei‹). So fühle ich mich nun verpflichtet, auch bei ›Angel Heart‹ damit weiterzumachen.

Produktionsnotizen können naturgemäß nur Glückssache sein, aber die gewohnten Aktenordner voll mit Journalistenfutter triefen häufig vor wenig hilfreichem Überschwang. Daß man sich da überabsichert, ist nur verständlich. Keine Kunstform auf der Welt ist so oft den Schlingen und Pfeilen von Kritik und Mißinformation ausgesetzt. Ich weiß, ›making of‹-Berichte sind keine große Hilfe für Journalisten, aber in dem nun folgenden Text mag die eine oder andere Zeile des ›Wie‹ ein wenig Licht auf das ›Warum‹ werfen.

Man machte mich bereits 1978 auf William Hjortsbergs Roman ›Falling Angel‹ aufmerksam, kurz nach dessen Erscheinen. Ich interessierte mich dafür genauso wie für ›Birdy‹, hatte nur Probleme, das Thema in der Maschinerie Hollywoods verarbeitet zu sehen. Mich faszinierte die Fusion zweier Genres, des klassischen Chandleresquen Detektivromans und des Übernatürlichen. Ich wagte die Überlegung, ob diese Faustische Geschichte nicht in Hollywood einiges zum Klingeln bringen würde, allerdings nicht gerade die Kassen.

Mit den Jahren wechselten die Rechte an dem Roman zu verschiedenen Leuten, ich denke, Robert Redford gab den Stoff nur zurück, weil das traditionelle Konzept eines amerikanischen Helden nicht mit der rauhen Schale des *Harry Angel* austauschbar war, gar nicht zu denken an die düstere Seite des *Johnny Favorite*.

Viele Jahre später machte mich Elliott Kastner noch einmal auf das Buch aufmerksam, als er es mir während des Mittagessens auf den Tisch warf. Normalerweise kommt er nur kurz an meinen Tisch in Pinewood, schneuzt sich in meine Serviette, läßt einige böse zynische Aphorismen über die Filmindustrie ab und verschwindet wieder.

Diesmal rotzte er nicht nur in die Serviette, er ließ mir auch noch das Hjortsberg-Buch da.

Irgendwann wollte ich ohnehin wieder mein eigenes Drehbuch schreiben. Ich hatte als Autor angefangen und war davon ein bißchen weg, weil ich von all dem Material über die Jahre so leicht verführt worden war – und ehrlich gesagt, ich finde es angenehmer, etwas zu überarbeiten, als vor ganz leerem Papier zu sitzen. Mein Freund David Puttnam drohte, das alte Küchentischchen aus meiner Garage wieder hervorzukramen, auf dem ich mein erstes Manuskript geschrieben und mit dem eigentlich alles angefangen hatte.

Es ist immer schwer herauszufinden, welchen Film man als nächstes machen will. Ich wollte mich immer in möglichst vielen Genres tummeln und dieser Roman deckte bereits zwei davon ab. Kastner jedenfalls zeigte sich als starker Überredungskünstler. Die Legende erzählt, daß Marlon Brando nur deswegen die Rolle in ›Duell am Missouri‹ annahm, weil er Elliotts Gejammer nicht mehr mit anhören wollte.

Alan Marshall, mein Produzent, und ich zerlegten das Buch in Teile, die im Film funktionieren würden und Teile, die nicht filmisch waren. Wie alle traditionellen Detektivgeschichten in der ersten Person ist das fundamentale Problem, die Literatur in Filmhandlung umzusetzen.

Konsequenterweise gibt es in solchen Produktionen viele Stimmen aus dem Off. Das war etwas, was ich vermeiden wollte, obwohl sich die eine oder andere Zeile doch in meine Endfassung einschlich, aus purer erzählerischer Notwendigkeit.

Als ich ›Birdy‹ dann abgeschlossen hatte, begann ich mit den Drehbucharbeiten zu ›Angel Heart‹. Ich verließ England und nahm ein Haus in der Nähe von New York, wo ich die erste Fassung niederschrieb. Ich bin nicht so gut darin, mich mitsamt meiner Familie einfach so wegzuschließen, aber es klappte ganz gut.

Die größte Änderung, die ich am Script vornahm, bestand darin, die Hälfte der Story nach New Orleans zu verlegen.

In Gesprächen mit Hjortsberg bekam ich mit, daß er darüber ebenfalls nachgedacht hatte. Aber ich hatte auch andere Motive. Noch eine in Manhattan spielende Detektivstory würde in dieser überfilmten Stadt gar nicht mehr laufen. Natürlich gab es auch Filme, die in New Orleans spielen, aber man muß danach suchen, wie ich feststellte.

Auch wollte ich Harlem benutzen, das New Yorker Filmemacher oft vermeiden, warum, haben wir nicht herausfinden können. Die Harlem Library war sehr hilfreich bei der Suche nach verschiedenen extremen, bizarr-religiösen Bewegungen der 30er und 40er Jahre, die damals aus der ökonomischen und sprituellen Isolation heraus entstanden.

Louis Cyphre war im Buch solchen Gruppen zugerechnet — all die realen Geschichten, die ich da in der Bücherei fand, hätten eigene Drehbücher werden können. Die Figur des *Pastor John,* der im Film überlebt, war eine Verbindung aus zwei oder drei Charakteren dieser Zeit.

Louis Cyphre:
Es heißt, es gebe genug Religion in der Welt, damit Menschen sich einander hassen können, aber nicht genug, damit sie sich lieben können.

Die wichtigsten Script-Änderungen betrafen die Figuren und die Dialoge. Der rätselhafte Charakter des *Louis Cyphre* war sicherlich eine Figur, die stärker war als die Realität, aber ich wollte diesen Gentleman einfach real wirken lassen. Außerdem schien es mir nichts Besonderes, wenn jemand seine Seele verkauft, das passiert jeden Tag (und in unserer Branche noch ein bißchen öfter).

Der Charakter des *Harry Angel* mußte sehr sympathisch gemacht werden. Sein oberflächliches Phlegma verdeckt eine Intelligenz, die fähig sein muß, eine übernatürliche Geschichte aufzuklären − das Publikum muß Stück für Stück immer ein bißchen mehr erfahren. Ich änderte den Titel, denn es gab bereits zu viele ›Gefallene Engel‹, außerdem wollte ich dem Film eine eigene Identität geben.

Im September 1985 war die erste Fassung des Drehbuchs fertig, und wir machten uns auf die Suche nach jemandem, der das finanzieren würde. Wenn man nach Geld für einen Film Ausschau hält, ist das wie Wasserskifahren auf Sirup. Und alle zwei Jahre fahre ich nach Hollywood und hoffe, mit zwei dicken Koffern voller Dollars wieder nach Hause zu kommen. Wir boten das Script den üblichen Herren an. Es war klar, hier würde

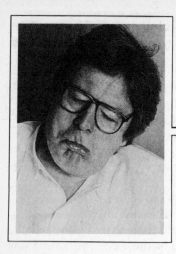

**Wenn ich Geld
für einen Film
suche, ist das
wie Wasserskifahren
auf Sirup**

ein anderes Konzept des amerikanischen Helden vermarktet, und ironischerweise kam der meiste Enthusiasmus von Andrew Vajna und Mario Kassar, die das Studiosystem mit ihren ›Rambo‹-Filmen aufgebrochen hatten.

Ich hatte sie in Cannes kennengelernt und in Rom wiedergetroffen, um über ›Angel Heart‹ zu diskutieren. Es gibt Unterschiede zwischen Leuten, die ihr eigenes Geld investieren, und denen, die bei Studios angestellt sind — die ersten fragen hartnäckiger und direkter und antworten wesentlich schneller. Als wir mit dem Abendessen in Rom fertig waren, hatten sie zugestimmt, den Film zu finanzieren.

Im Januar 1986 begannen wir mit den Vorbereitungen. Wie immer, hatte ich meinen Produzenten Alan Marshall dabei. Alan und ich arbeiten seit zwanzig Jahren zusammen, ebenso gehören Kameramann Michael Seresin, Cutter Gerry Hambling und Produktionsdesigner Brian Morris zum Stammteam.

Casting und Drehortsuche hatten Priorität. Ich hatte vier Namen auf der Liste, wer *Harry Angel* spielen könnte und traf alle vier. Mickey Rourke war einer von ihnen, und wir trafen uns in New York. Die ersten Treffen zwischen Darstellern und Regisseuren sind immer etwas merkwürdig (so ein Ego-Pingpong), aber unser Gespräch war locker von Anfang an. Ich holte ihn vom Hotel ab, und er sah wie immer aus, nämlich wie ein arbeitsloser Tankwart. Wir aßen zusammen, und er sagte mir, daß ich aufhören könne, die anderen zu befragen. Er werde den ›Harry Angel‹ spielen. Wir liefen durch die Straßen, bis es dunkel wurde, und es war klar, daß wir uns mochten und den Film machen würden. Mickey war eine erfrischende Abwechslung von diesen selbstgefälligen Hollywood-Darstellern oder diesen Fiberglas-Models, die das Fernsehen so ausspuckt.

Er hat eindeutig anarchistische und respektlose Qualitäten, die mir gefielen. Genial und berechnend böse zugleich, mit dem Charme der Straße, mit dem er sich fast alles erlauben konnte. Wie der Harry/Johnny unserer Story.

Was das Casting des *Louis Cyphre* anging, hatte ich den Wunsch, Robert de Niro zu fragen, doch in diesen frühen Tagen hatte ich nicht den Mut dazu. Wenn nicht er, dann vielleicht Brando.

Die Jagd nach Drehorten führte mich in die Lower East Side und nach Harlem. Es gibt über 78 Schauplätze im Film, und alle mußten authentisch mit dem Zeitpunkt der Story übereinstimmen, den ich auf 1955 festgelegt hatte.

Am 18. Januar hatten wir einen ›open call‹ in einem Nachtclub, um nach Darstellern zu fahnden. Auch wenn man selten ein magisches Gesicht unter der Menge findet, ist das doch ein guter Weg, die Hinter-

Mickey sieht aus wie immer, nämlich wie ein arbeitsloser Tankwart

grund-Darsteller zu selektieren. Außerdem hofft man immer.

Die Harlem-Drehorte waren für mich eine Offenbarung. Die Feindseligkeit, von der jeder erzählte, gab es nicht. Und es gab Orte, da lebte der Stadtteil genau so, wie ich ihn von den alten Fotos her kannte.

20. Januar

New Orleans. Ich war fast überall schon im letzten Sommer gewesen, während ich das Script geschrieben hatte. Wir fanden ein altes Hotel im alten Viertel der Stadt, das als Haus von Margaret Krusemark dienen würde und gleichzeitig den Hinterhof von Harrys Hotel hatte. Im alten irischen Teil der Stadt fanden wir die meisten Außen-Schauplätze.

34

**Harlem ist heute
noch so lebendig,
wie es auf alten
Fotos aussieht**

Auch in New Orleans gab es ein Casting, das wir mit dem Arbeitslosen-Büro der Stadt durchführten. Viele der Arbeitslosen erhielten Jobs.

29. Januar

Los Angeles. Wieder Casting, aber jetzt mit Profis. Ich hatte das Gefühl, daß jeder Bewerber eine Kopie des Scripts hatte, obwohl ich darum gebeten hatte, es nicht zu kopieren. Geht nicht. Wenn in L. A. ein Script zu einem Film in Umlauf ist, gibt es bald 500 davon. Man kommt sich wie ausgeraubt vor.

Während wir in L. A. waren, las auch William Hjortsberg mein Script, und ich war natürlich gespannt auf seine Reaktion. Viele Romanautoren glauben, daß Adaptionen den Geruch von Schlachthaus haben (William Goldman schrieb ein Buch, das von dieser Par-

36

anoia handelt). Wundersamerweise blieb Hjortsberg freundlich und gab seine Zustimmung.

Ich muß zum Doktor, um meinen Urin abzugeben, für die Filmversicherung. Mit dem Fläschchen laufe ich durch die Reihen wartender Schauspieler, die mitspielen wollen.

2. Februar

Zurück in New York beende ich die letzte Drehbuchversion.

11. Februar

Die letzten Gespräche mit den wichtigsten Mitgliedern der Crew. Ich traf mich mit De Niro, um mit ihm über die Rolle des *Louis Cyphre* zu sprechen. Wir hatten uns im November 1985 getroffen, um über den Film zu sprechen, und wenn er nicht den *Harry* spielen wollte, wollte ich ihn wenigstens als *Cyphre.* Wie er eben ist, wollte er erst meiner und des Scripts sicher sein, bevor er zusagte.

14. Februar

Mcin Geburtstag und der Geburtstag, den ich auch *Harry* verpaßte. Das Casting schien gar nicht vorüber zu gehen, die Suche nach Drehorten auch nicht. In Staten Island fanden wir Dr. Fowlers Haus.

De Niro stellt jeden Punkt und jedes Komma des Drehbuchs in Frage

20. Februar

Ich hatte ein weiteres Drei-Stunden-Treff mit De Niro bei im zu Hause, wo er jeden Punkt und jedes Komma des Scripts in Frage stellte. Ich verließ ihn mit wenig Optimismus und gab ihm noch einen Ordner voller Informationen über die schlimmsten Verbrecher der Welt, von Rasputin bis Himmler.

3. März

Lisa Bonet war von Anfang an meine favorisierte *Epiphany*. Obwohl sie sehr jung ist, ist sie sehr klug, ich konnte kaum glauben, daß sie erst 19 war. Sie sah noch jünger aus und hatte dabei die Offenheit einer älteren Frau. *Margaret Krusemark* zu besetzen, war schwieriger. Auch wenn das nur ein kleiner Part im Film ist, ist

sie jemand, über den man reden wird, und so mußten wir eine Mischung aus Klasse und Exzentrik finden. Ich hörte mir viele Schauspielerinnen an, ohne Erfolg. So entschied ich, Charlotte Rampling in Frankreich anzurufen, eine alte Freundin, mit der ich immer schon einmal arbeiten wollte. Sie sagte ja, und das freute auch Mickey, der den Vorschlag gemacht hatte.

7. März

Die Kostüme werden fertiggestellt, und ich machte auch hier die letzten Änderungen. Vor allem mußten die Klamotten hundertmal gewaschen werden für den verwitterten Look des Films, den ich anstrebte.

8. März

Zeit, sich mit den Spezial-Effekt-Leuten zu treffen. Diese verrückten Genies müssen Schnee, Wind und andere von Gottes unpünktlichen Elementen künstlich erzeugen, und von allem immer etwas dabei haben.

9. März

Ich holte De Niro ab und nahm ihn mit in die Mission von Harlem, wo wir im Film zum erstenmal auf *Louis Cyphre* treffen. Dann orderte er zwei Margaritas in einer Bar in Harlem, die er gut kannte. Die habe beide ich getrunken. Er hatte immer noch nichts gesagt.

12. März

Aus hunderten von Vorschlägen entschied ich mich für *Johnny Favorites* ›Hit‹ − ›Girl of my Dream‹, ein Lied von 1939, das bekannt ist, aber auch wieder nicht so bekannt, daß man es mit einem bestimmten Künstler in Zusammenhang bringt.

13. März

Reise nach New Orleans, um die letzten Drehorte zu bestimmen. Michael Seresin, der Kameramann, begleitet mich.

16. März

Andy und Mario beginnen Druck auf mich auszuüben, was den De Niro-Deal anbelangt. Das kann ich verstehen, denn in wenigen Tagen soll es losgehen. Ich wies darauf hin, daß, wenn ich Druck machen würde, er sicher nein sagen würde. Falls das eintreten sollte, hatte ich allerdings keine Alternative, eine gefährliche Position. Ich hatte lediglich bei Brando angefragt, ob er wieder arbeiten wolle, dabei zunächst ein höfliches ›Vielleicht‹ und dann ein noch höflicheres ›Nein‹ als Antwort erhalten.

17. März

Um 8.00 Uhr rief De Niro an und sagte, er habe »die Meinung, den Film zu machen«. In Bobs Worten bedeutete das ›Ja‹. Augenblicklich hatte ich vergessen, wie lange es gedauert hatte, ihn zu überzeugen.

Drei Wochen oder drei Monate, es ist immer zuwenig Zeit zum Drehen

19. März

Wir gingen den Drehplan durch. Drei Wochen oder drei Monate, es ist immer zuwenig Zeit.

20. März

Die Vorbereitungen verwandelten mein Büro in ein heilloses Durcheinander. Gipsabdrücke mußten abgesegnet werden, aufgeschlitzte Kehlen, abgeschnittene Hände, verkochte Gesichter und ein herausgerissenes Herz lagen herum.

22. März

Ich begann mit Mickey in der Carnegie Hall zu proben.

27. März

Die ganze Woche Proben mit den Darstellern, mit denen Mickey in der ersten Filmhälfte zu tun haben würde. Mickey ist ein intuitiver Darsteller, der jede Szene anders macht, als würde er nach irgendeiner Wahrheit suchen. Es ist anders, mit ihm zu arbeiten, als mit diesen trainierten, technisch versierten Darstellern. Seine Improvisationsfähigkeit birgt Gefahren, und mit diesen Gefahren kommt auch der Zauber. Proben sind ein Luxus beim Film, und es ist schön, wenn man sich an die Probleme gewöhnen kann, bevor die Produzenten auf ihre Uhren schauen und die Mitarbeiter auf ihre Überstunden-Zettel.

31. März

Der erste Drehtag, und ich krabbelte um 5.30 Uhr morgens aus dem Bett. Ich dachte an Billy Wilder, der sagte: »Gute Filme sind wie schlechte Filme. Man muß auf jeden Fall früh aufstehen.«

Wir begannen auf der Eldridge Street in der Lower East Side, das war *Harrys* Leinwand-Zuhause. Wir hatten großes Glück, eine Straße von 1955 zu finden, wo fast alle Details noch stimmten.

Brian Morris und seine Armee von Dekorateuren hatten zwei Monate verbracht, alles exakt auf 1955 zu trimmen und besonders die hellen Farben wegzunehmen, etwas, was wir den ganzen Film über weitermachten und was auch die Kostüme betraf. Insgeheim hätte ich gern, wie viele zeitgenössische Filmemacher, einen Schwarz-weiß-Film gedreht, konnte dafür aber nie einen Geldgeber finden. So strengten wir uns an, einen Schwarz-weiß-Film in Farbe zu drehen. Nun mußten wir erst mal aus einem Frühlingstag einen Wintertag

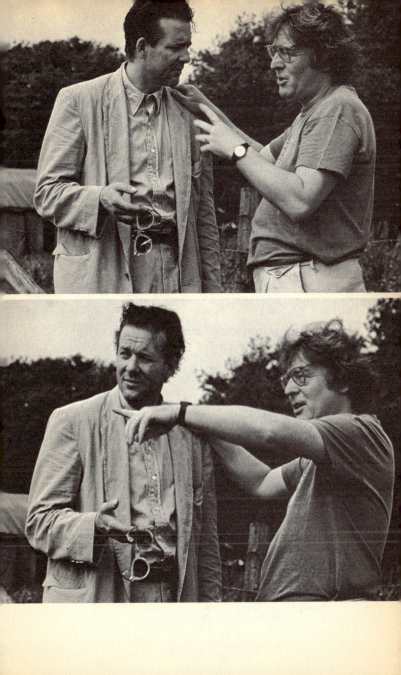

Ich hoffe, daß das Publikum weiß, wohin Harry mit dem Fahrstuhl fährt

machen und waren gezwungen, die Straßen mit Eis zu überziehen.

5. April

Die Fahrstuhl-Szene funktioniert sehr graphisch. Ich hoffe, das Publikum wird wissen, wohin *Harry* fährt. Unterbewußt ist das eine Metapher für den ganzen Film.

6. April

Wir drehten die Prozession in Harlem. Wir hatten 250 Statisten, von denen jeder ursprünglich einen Regenschirm in der Hand haben sollte. Dann ließ ich ihnen die Schirme wieder abnehmen, denn sie sollten gegen die Elemente ankämpfen. Mr. Hitchcock hätte sich wohl im Grabe herumgedreht. Es war ein guter Tag. Hunderte von Statisten, Schnee-, Eis- und Windmaschinen, Feuerwehrlastwagen, die die Straßen naß machten, Lautsprecher für Gospel-Songs, einen Riesenkran, den wir von einer anderen Produktion ausgeliehen hatten, Stunt-Männer und -Frauen, aufgeregte Anwohner und Autos, die eine Meile entfernt durchs Bild fuhren. Trotzdem, der Tag war gut. Manchmal hat man Glück, manchmal nicht. Wundersamerweise waren wir danach einen ganzen Tag vor dem Drehplan. Ein seltenes, angenehmes Gefühl.

9. April

Coney Island. Die ganze Gegend, in der wir filmten, ist zu ›Little Fugitive‹ geworden, dem kleinen Rummelplatz. Sogar das große Riesenrad ist angemalt worden,

um unserem verwitterten Look zu entsprechen. Etwas zynisch fragte ich mich, wieviele Maler man wohl bräuchte, um einem Film die Farbe herauszumalen.

11. April

Coney Island Wachsfabriken. Eine Szene, die ich aus dem Film wieder entfernte. Ich hatte gleich das Gefühl, daß ich diese Szene wieder rauswerfen würde. Ich wünschte, ich hätte die Intelligenz, so etwas vorher zu wissen. Aber es gibt bei jedem Film einen gewissen Prozentsatz an Szenen, die man nicht nimmt, und das ist jedesmal, als würde man Hundertdollar-Noten aus dem Fenster werfen. In 40 Jahren wird wahrscheinlich ein Filmhistoriker wie Kevin Brownlow diese Szene finden und in den Film wieder hineintun als etwas, das ich wollte, das Studio aber nicht. Die Szenen liefen gut, wenngleich es bitter kalt war.

Abends filmten wir noch die Weitwinkelszenen mit *Izzy* am Strand und zwar im Gegenlicht, nach Michael Seresins Theorie das effektivste Filmlicht überhaupt. Wir hatten nur die kurze Zeit, bevor die Sonne den Horizont hinunterfallen würde, und glücklicherweise konnten alle Darsteller ihren Text, und wir hatten alles im Kasten.

Es ist immer noch der 11. April (ein langer Tag). Ich fuhr zurück nach Manhattan, um kurz mit Charlotte Rampling zu reden, der ich versprach, noch an ihrer Szene zu arbeiten. Sie ist intelligent und kennt ihre Rolle ganz genau. Wenn doch jede Hollywoodschauspielerin in Frankreich leben und eine solche Würde bewahren könnte.

Louis Cyphre:
Da ist überall Tod in diesen Tagen, Johnny. Aber was
macht denn den Wert menschlichen Lebens überhaupt
aus? Daß jemand es liebt? Es haßt?

Obwohl wir schon einen langen Tag hinter uns hatten, planten wir noch einen Nachtdreh in Manhattan. Es ging um keine geringere als die Eingangssequenz des Films, in der wir die alte Frau mit durchschnittener Kehle vorfinden. Diese einfache Szene dauerte bis in den frühen Morgen. Ein einfacher Kehlenschnitt war alles, was ich wollte, doch vier Maskenbildner arbeiteten stundenlang daran. »Was willst du überhaupt?« fragten sie, als ich zum sechstenmal ihre Bemühungen ablehnte. »Nur, daß es echt aussieht«, antwortete ich. Das war die einzige Antwort, die ich seit zwanzig Jahren auf so etwas geben kann. Außerdem war es die Eröffnungsszene, die Glaubwürdigkeit des ganzen Films stand auf dem Spiel. Da waren auch noch ein Hund und eine Katze. Der Hund machte seine Sache gut, ein alter Profi, aber die Katze machte Probleme. Ich beschwerte mich beim Tiertrainer: »Weiß denn die blöde Katze nicht, was ich im Sinn habe? Liest sie denn kein Drehbuch?« Wir bissen uns auf die Nägel, schlürften unseren Kaffee, schnürten die Schals ein wenig fester gegen die beißende Morgenkälte, und wußten, Pauline Kael irgendwann einmal alles erklären wird.

14. April

Während des Mittagessens kam Robert De Niro zur Kostümprobe. Er hatte langes Haar, und wir entschlossen uns, ihm Fingernägel zu verpassen, die mit dem Fortgang der Story immer länger werden würden. Auch

49

experimentierten wir mit Kontaktlinsen, einen Experten haben wir extra aus London einfliegen lassen. Bob litt sehr, bis er sich an die Linsen gewöhnt hatte. Die Garderobe-Leute packten seine Kostüme ein, damit er sie zu Hause ausprobieren konnte.

17. – 22. April

Wir drehten Innenszenen in Fowleys Haus. In der Enge des Hauses bin ich froh, daß wir mit Mike Roberts zusammenarbeiten, einem Kameraassistenten, der die Choreographie der Kamera zum Vergnügen macht. Am Ende der Proben sagen mir die Amerikaner am Set, das Reagan Libyen angegriffen hat. Ich frage nach Verletzten: »Wir haben zwei Flugzeuge verloren« ist die Antwort. Kultur-Lücke.

27. April

Das erste Mal probte ich mit De Niro und Mickey an einem echten Schauplatz, der Mission von Harlem. Als wir begannen, waren sie wie Preisboxer, die sich einander austesten. Langsam umkreisten sie sich. Bob war cool, übergenau, charmant und generös, hatte aber alles unter Kontrolle. Mickey war entwaffnend und genial und gab einfach alles. Für mich als ›Schiedsrichter‹ bot sich ein elektrisierendes Schauspiel. In England muß ich mich öfter rechtfertigen, warum ich amerikanische Filme mache. Wenn ich diese zwei beobachte, weiß ich den Grund.

28. April.

Wir filmten die Szene, die wir geprobt hatten. Wir brachen mit der normalen Arbeitsweise und drehten simultan mit zwei Kameras: wenn einer von beiden zu improvisieren begann und der andere sich zu unvorhergesehenen Reaktionen bewegen ließ, sollte der Zauber nicht verloren gehen und alles eingefangen werden.

1. Mai

Lanzias Restaurant und die zweite Rourke/De Niro-Konfrontation. Mickey begann Vertrauen in die Zusammenarbeit mit Bob zu gewinnen. Bob war wie immer kontrolliert und peinlich genau. Als er die Eierschale zerdrückte, schien es, als bräche er alle Knochen im Körper von *Harry Angel.*

2. Mai

Heute töteten wir den Anwalt *Winesap.* Der Ventilator ist ein Bild, das ich den ganzen Film über als einen Vorboten des Todes benutzt habe.

Cyphre:
Reg dich nicht auf. Niemand wird über einen Anwalt weniger auf der Welt weinen.

3. — 6. Mai

In Louisiana und Thibodaux, wo wir die Sequenzen mit Epiphany drehten. Wir hatten das Glück, eine Plantage zu finden, die fast intakt war. *Epiphanys* Welt. Lisa Bonet verbrachte viel Zeit damit, sich mit ihrem Filmkind anzufreunden, das völlig uninteressiert an unserem Angebot war, es zum Star zu machen. Immer, wenn Mickey sich ihm näherte, brüllte es nach seiner Mutter. Es gab keine Möglichkeit, es zu beruhigen, und so integrierte ich dad Geschrei in den Film.

10. Mai

Nachtdreh. Harry auf dem Weg zur Voodoo-Zeremonie. Wir hatten unser ›Wendy‹-Licht mitgebracht, um Mondschein zu simulieren (Die Lampe wurde von David Wendy Watkins, einem britischen Kameramann, erfunden). Man braucht einen riesigen Lastwagen dafür und einen Kran, um es in Position zu bringen, aber dann ist man für die Nacht gerüstet.

14. Mai

Das alte Viertel von New Orleans, wo *Harry* durch die Ställe gejagt wird. Ein schwieriger Drehtag: scheuende Pferde, trainierte Hunde, Gewehrschüsse, 200 Hühner und ein Pferd, das auf seinen Trainer, das Stunt-Double von *Harry,* fallen sollte. Das war gefährlich und nach dem 10. Take war der tabakkauende Cowboy noch o-beiniger als vorher. Ein merkwürdiger Tag, vielleicht der merkwürdigste, den ich je erlebt habe.

19. Mai

Wir blockieren das Zentrum von New Orleans, direkt am Jackson Square, für die Szene, in der *Harry* aus *Margaret Krusemarks* Haus herauskommt. Mickey schrie sich fast die Lungen aus dem Hals, bevor er in diese Mauer aus Regen lief. Dabei verlor er seine Stimme für ein paar Tage. Ich hörte auf der Straße, daß Roland Joffe und David Puttnam die Goldene Palme in Cannes gewonnen hatten. Von einem Münzfernsprecher rief ich dort an und überbrachte unsere Glückwünsche.

22. Mai

Brownie McGhee, der große Blues-Sänger, spielte den *Toots*. Ich hatte ihn gewählt, weil er kein Darsteller war, sondern ›echt‹. Er ist ein fröhlicher Mann und fand den Kampf mit der Rasierklinge schwierig. Ich glaube nicht, daß er auch nur ein bißchen aggressiv ist.

23. Mai

Nachtdreh: Die Voodoo-Zeremonie. Die Szenennummer war 666, die teuflische Zahl. Lisa warf sich in den Tanz, als die Trommeln uns alle berauschten. Um drei Uhr morgens waren wir fertig. Alle waren ausgelaugt. Auch die Hühner.

29. Mai

Margaret Krusemarks Wohnung und die Konfrontation zwischen ihr und *Harry*. Es war eine sehr lange Dialog-Szene, und alles lief bestens. Mickey wich ein bißchen

vom Text ab und für eine text-disziplinierte Darstellerin wie Charlotte, war es nicht leicht, darauf einzugehen. Ich erinnerte Mickey höflich daran, sich ans Script zu halten, und das tat er dann gehorsam. Er arbeitete gern mit Charlotte und hätte gerne mehr Szenen mit ihr gehabt.

30. Mai

Margaret wird tot aufgefunden, man hat ihr das Herz aus dem Körper geschnitten. Diese Szene wirkt im Film sehr aufwendig, aber das Drehen war ganz unproblematisch.

5. Juni

Harrys Begegnung mit dem Polizisten *Sterne* und dessen trotteligem Freund *Deimos*. Das waren zwei Darsteller aus der Gegend, und sie spielten extrem gut. Mickey verstand sich bestens mit ihnen.

11. Juni

Harry und *Epiphany* tanzen, jetzt kommt bald ihre große Liebesszene.

Beide waren sehr zufrieden und entspannt, und es kam zu manchem netten Moment zwischen ihnen, der nicht im Drehbuch stand.

12. Juni

Wir drehten die Liebesszene. Ein weiterer bizarrer Tag. Liebesszenen sind immer schwierig, aus naheliegenden Gründen. Mickey hatte den ganzen Film ›9 1/2 Wochen‹ hindurch einen Mantel an. Unsere Szenen waren etwas weniger keusch, und konsequenterweise zeigte Mickey sich zum ersten Mal in seiner Karriere nackt. Lisa war viel entspannter als er. Sie war sogar entspannter als wir alle. Wie immer bei solchen Szenen, hielt ich die Crew so klein wie möglich: nur der Kameramann, zwei Assistenten und ich. Als der Regen durch die Risse in der Zimmerdecke fließt, lieben sich die beiden. Die Realität wird zum Alptraum, und der Regen wird zu Blut. Ich glaube, das sieht sehr kraftvoll aus auf der Leinwand. Und kein Kinobesucher wird ahnen, welch komische Figuren wir vier Filmemacher derweilig abgaben: Objektive und Magazine wechselnd,

total mit Blut bespritzt und von den Schauspielern
ignoriert. Außerdem lasse ich bei solchen Szenen auch
noch die Musik laufen, die später im Film zu hören sein
wird, um der Verrücktheit dieser Situation noch eins
draufzugeben.

40 Crewmitglieder warteten draußen und wunderten
sich, was da vorging. Nach vier Stunden erschienen wir
dann alle blutüberströmt, mit ruinierten Klamotten,
und alle applaudierten. Nur Eamonn O'Keefe, ein
Kameraassistent, interessierte sich mehr dafür, ob seine
geliebte Panaflex noch funktionierte.

13. Juni

Natürlich ein Freitag, und ein guter Tag, um den Mord
an dem jungen Soldaten zu drehen.

19. Juni

Die letzte Konfrontation zwischen *Louis Cyphre* und
Harry Angel. Harry hat die Vase zerbrochen, und seine
wahre Identität offenbart sich. Gleichzeitig war es die
endgültige Begegnung zwischen Mickey und Bob als
Schauspieler, und es war eine Freude, da zuzuschauen.
De Niro, die langen Haare wallen ihm von den Schul-
tern, spielt mit *Harry* und verhöhnt ihn, der die Wahrheit nicht akzeptieren kann. Es war auch Mickeys stärk-
ste Szene, eine, die mehr von Mickey, dem Schauspieler, gezeigt hat, als er bisher in seiner gesamten Arbeit
zeigen konnte.

Cyphre:
Offen gesagt, war dein Schicksal schon besiegelt, als
du den armen Jungen aufgeschlitzt hast. Zwölf Jahre
lang hast du von geborgter Zeit gelebt und den Erinne-
rungen eines anderen Mannes.

20. Juni

Harry findet *Epiphany* tot. Mickey war bewegend.

Sterne:
Dafür wirst du brennen, Angel.
Harry:
Ich weiß. In der Hölle.

Post Production

Zurück in Europa mit 100 Kisten, die 130.000 Meter Film enthalten und 1.100 verschiedene Szenen. Nach vier Monaten hatten wir den ersten Rohschnitt. Die zusätzliche Musik zu unseren Tonaufnahmen ist von Trevor Jones. Während ich dies schreibe, beenden wir gerade unsere letzte Ton-Mischung in einem Aufnahmestudio in Islington, Nord-London, ironischerweise einen Steinwurf entfernt von der Straße, wo ich als Kind gelebt habe. Der Kreis schließt sich.

Alan Parker, 1987

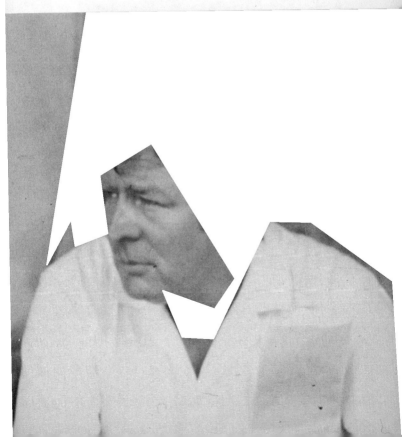

»Von Zeit zu Zeit gibt es Filme, die man nie vergißt.«

MICKEY ROURKE · ROBERT DE NIRO

ANGEL HEART

MARIO KASSAR und ANDREW VAJNA präsentieren einen Film von **ALAN PARKER**
mit MICKEY ROURKE · ROBERT DE NIRO · LISA BONET · CHARLOTTE RAMPLING · Musik TREVOR JONES
Kamera MICHAEL SERESIN · Executive Producers MARIO KASSAR und ANDREW VAJNA
nach dem gleichnamigen Roman von WILLIAM HJORTSBERG · Buch ALAN PARKER
Produziert von ALAN MARSHALL und ELLIOTT KASTNER · Regie ALAN PARKER

ANGEL HEART

ORIGINAL-DIALOGBUCH

Buch und Regie: Ottokar Runze
Deutsche Sprecher:

Harry Angel . . . . Joachim Tennstedt
Louis Cyphre . . . . Joachim Kerzel
Epiphany Proudfoot . . . . Ulrike Möckel
Margaret Krusemark . . . . Viola Sauer
Ethan Krusemark . . . . Alf Marholm
Dr. Fowler . . . . Peter Fritz
Sterne . . . . Gerd Duwner
Winesap . . . . Peter Matic
Connie . . . . Evelyn Maron
Toot Sweet . . . . Helmut Krauss
Izzy . . . . Holger Kepich
Schwester . . . . Hansi Jochmann

ERSTER AKT

MANN: (OFF) Harry!

HARRY: (Laut)

HARRY: Na, wie geht's?

FRAU: (Laut)

HARRY: Hallo? . . . (Atem) Ja, hier spricht Harold
Angel . . .

HARRY: Ja, ja ganz recht. Der im Telefonbuch steht.
. . . Wie bitte?

HARRY: Winesap . . . (Atem) Herman Winesap . . .
von Winesap und Mackintosh . . .

HARRY: (OFF) Ja, Moment . . . Bleiben Sie dran!

HARRY: Okay . . . (Atem) Winesap . . .

HARRY: . . . von Winesap und (OFF) Mackintosh . . .
Ich hab's mir aufgeschrieben . . .

HARRY: Aha . . . (Atem) Ja, ja, ich weiß, was ein
Bevollmächtigter ist . . . (Atem)

HARRY:	So was wie 'n Anwalt, nur das Honorar ist höher . . . (2. F.: er wird nur besser bezahlt.)
HARRY:	Ja, ja, ich warte. . . . (Atem) Du Arschloch . . . (Atem)
HARRY:	(Schniefer) . . . Hallo? . . . Mr. Winesap? Ja, Harold Angel . . .
HARRY:	Äh, . . . ich glaub schon. Das könnte ich einrichten.
HARRY:	(Laut) . . . Und das wäre für Ihre Firma?
HARRY:	(Atem, Laut) . . . Wie ist der Name?
HARRY:	Louis . . . Wie schreibt man das?
HARRY:	(OFF) Cyphre . . . Aha, danke . . . Ist der Herr . . .
HARRY:	. . . Ausländer? . . . Ich frage, ob Ihr Klient Ausländer ist. . . . Okay.
HARRY:	Ich würde ganz gern ein bißchen mehr wissen über den Herrn. . . . (OFF) Aha.
HARRY:	(OFF) Okay. (ON) Ja, ich weiß, wo das ist.
HARRY:	(OFF) Ja, nicht gerade nebenan. Aber ich werde da sein.

(2. Band)

2 FRAUEN: (OFF) (AD LIB)

(2. Band)

1. FRAU: Nein! . . . Laßt mich in Ruhe! . . . Nein! . . .
                 (OFF) Ihr sollt mich in Ruhe lassen! Ich will
                 nicht! . . . Nein!

2. FRAU: (ÜBERL) (Laute) . . . (OFF) Beten! Du mußt
                 beten! Wir müssen alle beten!

(1. Band)

PASSANTIN: Danke! Vielen Dank!

(3. Band)

MANN SCHNURRBART: Wir wollen doch nur helfen! Hören Sie auf
zu schreien! Wir helfen Ihnen doch! . . .
Hören Sie auf zu schreien! . . . (OFF) So hat
es keinen Zweck! . . . Hören Sie auf!

3 ALTE MÄNNER: (ÜBERL) (AD LIP)
Hannah! Beruhige dich! . . . Hör auf!
Schreien hilft nicht! Sie hat recht! Du mußt
beten!

(2. Band)

1. FRAU: (Laute, Schreie)

2. FRAU: Laßt sie! Sie wird ohnmächtig!

(3. Band)

MANN SCHNURRBART:
3 ALTE MÄNNER: (AD LIB)

(2. Band)
1. FRAU:
2. FRAU: (AD LIB)

(3. Band)
MANN SCHNURRBART:
3 ALTE MÄNNER: (AD LIB)

PASTOR JOHN: (OFF) Halleluja! . . . Laßt mich euer
                      Fürsprecher sein!

(2. Band)
5 MÄNNER:
5 FRAUEN: (Reaktion)

PASTOR JOHN: (OFF) Laßt mich reif werden für die
                      Wiedergeburt!

(2. Band)
5 MÄNNER:
5 FRAUEN: (Reaktion)

PASTOR JOHN: (OFF) Laßt mich wieder neu geboren
                      werden!

(2. Band)
5 MÄNNER:
5 FRAUEN: (Reaktion)

PASTOR JOHN: (OFF) Sein Königreich gehört euch! Schon
                      heute!!

(2. Band)
5 MÄNNER:
5 FRAUEN: (Reaktion)

PASTOR JOHN: (OFF) Folgt mir! . . . Folgt mir durch seine
                 Tore! . . . Ja!

(2. Band)
5 MÄNNER:
5 FRAUEN: (Reaktion)

PASTOR JOHN: Ja, Halleluja! . . . Und jetzt sollt ihr mir
                 zeigen, wie sehr ihr Gott liebt!

(2. Band)
5 MÄNNER:
5 FRAUEN: (Reaktion)

PASTOR JOHN: (OFF) Laßt mich euer innerstes Denken
                 erkennen!
(2. Band)
5 MÄNNER:
5 FRAUEN: (Reaktion)

PASTOR JOHN: (OFF) Deshalb (ON) macht eure Herzen
                 auf! . . . Und macht eure Brieftaschen auf!

(2. Band)
5 MÄNNER:
5 FRAUEN: (Reaktion)

PASTOR JOHN: (OFF) Macht eure Geldbeutel auf!

(2. Band)
5 MÄNNER:
5 FRAUEN: (Reaktion)

PASTOR JOHN: Holt euer Geld heraus!
                   (OFF) Aus allen Taschen!

(2. Band)
5 MÄNNER:
5 FRAUEN: (Reaktion)

PASTOR JOHN: (OFF) Ich danke dir, Herr! Jemand hat über
                   mich gesprochen! Zu dir!

(2. Band)
5 MÄNNER:
5 FRAUEN: (Reaktion)

PASTOR JOHN: (OFF) Ich wollte schon immer so gern einen
                   Cadillac haben! . . . Wenn ihr mich liebt und
                   ihn mir geben wollt, . . .

(2. Band)
5 MÄNNER:
5 FRAUEN: (Reaktion)

PASTOR JOHN: . . . dann gebt mir lieber einen Rolls Royce!

FRAU: Ja! Nimm ihn!!

(2. Band)
5 MÄNNER:
5 FRAUEN: (Reaktion)

PASTOR JOHN:	Fang an, Bruder! Laß uns singen! Fang an! . . . Hey! . . . Hey!

(2. Band)
5 MÄNNER:	
5 FRAUEN:	(Reaktion)
WINESAP:	Mr. Angel?
HARRY:	Ja . . .
WINESAP:	Herman Winesap . . . Würden Sie bitte mit mir kommen?
PASTOR JOHN:	(OFF) Alle! . . . Alle!
HARRY:	(Laute)
WINESAP:	(Atem, Laut) . . . Der Ehemann von einem von Pastor Johns Schäfchen (OFF) hat sich die Pistole in den Mund gesteckt.
WINESAP:	(OFF) Kein schöner Anblick.
WINESAP:	Mr. Angel? . . . Bitte!
HARRY:	(Atem)
WINESAP:	Mr. Angel. . . . Darf ich Sie mit meinem Klienten bekanntmachen, . . . Mr. Louis Cyphre.
HARRY:	(OFF) Sehr angenehm. . . . Harry Angel.

CYPHRE: Es ist mir ein Vergnügen, Mr. Angel.

HARRY: (Atem)

CYPHRE: (OFF) Bitte, denken Sie nicht, daß ich (ON)
                 unhöflich bin, aber dürfte ich Ihren Aus-
                 weis sehen, (OFF) bevor wir anfangen?

HARRY: Natürlich. . . . (ATEM)

HARRY: (Atem, Laute) . . . Wo hab ich ihn denn? . . .
                 Hier, hier ist er. . . . Okay?

HARRY: (ATEM)

CYPHRE: Es hat nichts mit Ihnen zu tun. Ich bin nur
                 etwas übervorsichtig. Sie wissen ja, wie
                 das ist.

HARRY: Ja, . . . ich weiß, ich weiß . . . (Laute)

HARRY: Wie, äh, . . . wie sind Sie denn . . . auf mich
                 gekommen?

CYPHRE: (Atem, Laut)

HARRY: Sie haben wahrscheinlich bloß das Telefon-
                 buch aufgeschlagen. . . . (kl. Lachen) (OFF)
                 Nein?

HARRY: (OFF) (Schniefer) . . . Na, ja, . . . normaler-
                 weise läuft das doch so . . .

HARRY: Weil, . . . mein Name ist Angel, steht unter
              A, da braucht man nicht lange zu suchen...

HARRY: Ist doch klar, die meisten sind faul, sind
              sogar zum Blättern zu faul, sie sehen den
              ersten Namen im Buch, (OFF) und schon
              hören sie auf zu suchen . . .

CYPHRE: Johnny Favorite.

HARRY: Wie bitte?

CYPHRE: Erinnern Sie sich zufällig an den Namen
              Johnny Favorite?

HARRY: Ob ich mich an den Namen Johnny erin-
              nere? Nein, ich glaube nicht.

CYPHRE: Sie kannten ihn nicht?

HARRY: Meinen Sie damit, ich hätt' ihn kennen
              müssen?

CYPHRE: Er ist vor dem Krieg eingezogen worden. Er
              war ziemlich berühmt auf seinem Gebiet.

HARRY: (Atem, Laut)Wissen Sie, das ist so eine
              Sache, Mr. Cyphere, in der (OFF) Regel . . .

CYPHRE: (OFF) (ÜBERL) Mr. Cyphre!

HARRY:	Oh, tut mir leid. Ich bitte um Verzeihung! (Lachen) (OFF) Mr. Cyphre . . .
HARRY:	(OFF) In der Regel übernehme ich keine, . . . (ON) keine komplizierten Fälle . . . Ich geb mich eigentlich nur . . .
HARRY:	. . . mit Kleinkram ab. Äh, . . . Scheidungs-geschichten, zum Beispiel, . . . (OFF) Versicherungsschwindel und so was . . .
HARRY:	(OFF) Mit solchen Aufträgen (ON) hab ich auch manchmal Erfolg . . .
HARRY:	Aber, äh, . . . ich kenn' eigentlich keine, äh, . . .
HARRY:	. . . keine . . . Schnulzensänger oder jemand', der (OFF) wirklich berühmt ist?
CYPHRE:	Sein richtiger Name war Liebling.
HARRY:	Nein, ich kenne auch, ähm . . .
HARRY:	(Atem) Ich kenne auch keinen Liebling, (OFF) tut mir leid.
HARRY:	(OFF) Also, was wollen Sie von mir?
HARRY:	Hat dieser Bursche irgendeine Rechnung nicht bezahlt?

CYPHRE: (OFF) Nicht direkt. Ich habe Johnny ein
            (OFF) bißchen geholfen, als er anfing,
            Karriere zu machen.

HARRY: (Atem) Also, dann waren Sie so was, . . . so
            was . . . wie, wie sein Agent?

CYPHRE: Nein, nein, nein . . .

CYPHRE: (Atem) Nein, das nicht. (ATEM)

WINESAP: (OFF) (Laut) . . . (ON) Mr. Cyphre hat . . .
            einen Vertrag.

WINESAP: Es geht darin um eine Bürgschaft, die im
            Fall des Todes abgelöst werden muß.

HARRY: (4) Wollen Sie damit sagen, daß wir über
            jemand' reden, der tot ist?

WINESAP: (OFF) Nein, er wurde '43 eingezogen, er
            kam (ON) nach Nordafrika . . . Aber nicht an
            die Front, sondern zur Truppenbetreuung.

WINESAP: Aber er wurde bei einem Feuerüberfall
            schwer verletzt. Im Gesicht.

WINESAP: (OFF) Und er hat eine . . . ,

CYPHRE: (ÜBERL) . . . Amnesie. Und daraus wurde
            eine, . . . ähm . . .

HARRY: Kriegsneurose.

CYPHRE: Kriegsneurose. Ganz recht.

HARRY: (4) (OFF) Ich kenne das.

CYPHRE: Woher? Haben Sie auch gedient,
            Mr. Angel?

HARRY: (4) (OFF) Ja, ich war auch dabei, aber nicht
            sehr lange. (ON) Ich hab bald . . . so 'ne Art,
            . . . äh, . . Koller bekommen.

HARRY: (4) (OFF) Mir ging der Arsch auf Grundeis,
            entschuldigen Sie den Ausdruck. Sie
            haben mich nach Haus geschickt, und so
            kam ich drum rum . . .

HARRY: (4) (Laut) Um den Krieg, um die Orden
            und . . . um das ganze Trara . . .

HARRY: (Atem) Sie können auch sagen, ich hatte
            Glück.

CYPHRE: Der arme Johnny hatte nicht so viel
            Glück. . . . Er kam zurück und sah aus wie
            ein Zombie.

WINESAP: Favorite hatte ein paar gute Freunde, und
            die haben ihn in eine Privatklinik gebracht,
            im Norden.

WINESAP: (4) (Atem) Und dort hat man ihn einer
             radikalen (OFF) psychiatrischen
             Behandlung unterzogen.

WINESAP: (4) (OFF) Und sein Anwalt hatte alle
             Vollmachten . . .

CYPHRE: . . . Rechnungen für ihn zu bezahlen und
             so weiter.

CYPHRE: (Atem) Aber Sie wissen ja, wie so was
             ausgeht. Er blieb ein Wrack, und mein
             Vertrag wurde nicht erfüllt.

HARRY: Ja, so ist das.

CYPHRE: Sie müssen nicht denken, daß ich
             geldgierig bin, Sie sollen nur verstehen,
             daß ich Klarheit haben möchte. Ich will
             wissen, ob Johnny noch lebt, oder ob er
             . . . tot ist.

             ENDE ERSTER AKT

ZWEITER AKT

WINESAP: (x) (OFF) Jedes Jahr kommt in meinem Büro eine eidesstattliche Erklärung an, daß Johnny Liebling noch unter den Lebenden weilt . . .

WINESAP: (4) (OFF) Und jetzt, (ON) am letzten Wochenende, da waren wir zufälligerweise . . .

WINESAP: Mr. Cyphre und ich hatten etwas Geschäftliches zu erledigen, in der Nähe dieser Privatklinik . . .

WINESAP: (Atem) Wir dachten, wir sehen mal nach, aber . . . man hat uns an der Nase herumgeführt.

HARRY: Und Sie . . . haben nichts unternommen?

CYPHRE: Nein, es liegt mir nicht, zu insistieren, ich hab auch keine Lust, Szenen zu machen . . .

HARRY: (kl. Lachen)

CYPHRE: (OFF) (ÜBERL) Deshalb kam ich darauf, Sie zu fragen, . . . ob Sie nicht vielleicht . . . (ON) auf vorsichtige Weise . . .

HARRY: Ich soll rauskriegen, wo er ist.

CYPHRE: Kriegen Sie's raus!

WINESAP: (Laut)

HARRY: Okay . . . Gut.

CYPHRE: Komisch, ich hab das Gefühl, wir haben
              uns schon mal gesehen.

HARRY: (Atem) Ja? Ich glaub nicht, daß wir uns
              kennen.

CYPHRE: (Lachen)

HARRY: (Pfeifen)

(2. Band)
CYPHRE: (OFF) (WIE Take 157)
              Erinnern Sie sich zufällig an den Namen
              Johnny Favorite?

HARRY: (Pfeifen)

(2. Band)
CYPHRE: (OFF) (WIE Take 168)
              Sein richtiger Name war Liebling.

HARRY: (Pfeifen)

(2. Band)

CYPHRE: (OFF) (WIE Take 190)
Ich will wissen, ob Johnny noch lebt, oder
ob er . . . tot ist.

HARRY: (Pfeifen)

SCHWESTER: (OFF) Ja . . .

HARRY: (Atem, kl. Lachen)

SCHWESTER: (Atem, Laut)

SCHWESTER: Kann ich Ihnen helfen?

HARRY: Ja.

HARRY: (4) Mein Name ist Harry Conroy,
                und ich komme vom Nationalen
                Gesundheitsinstitut.

SCHWESTER: Möchten Sie jemand bestimmten
                sprechen, Mr. Conroy?

HARRY: Das Institut führt eine Untersuchung durch
                über Fälle von . . .

HARRY: . . . unheilbaren Traumata, und ich hörte,
                Sie haben hier einen Patienten, auf den das
                zutrifft.

SCHWESTER: Sie müssen sich vorher anmelden, wenn
                Sie jemand(en) besuchen wollen.

HARRY: (4) Selbstverständlich, das werde ich auch
                machen. Aber vielleicht können Sie mal in
                den Akten nachsehen, ob ich auf der
                richtigen Fährte bin.

HARRY: Dann brauche ich dort niemand(en) unnötig zu belästigen . . .

SCHWESTER: (Laut)

HARRY: Nicht wahr?

HARRY: Na?

SCHWESTER: (kl. Lachen) Wie heißt denn der Patient?

HARRY: Liebling, . . . Jonathan Liebling.

SCHWESTER: Einen Moment, bitte. Ich sehe nach.

HARRY: (Atem)

HARRY: Hatten Sie letztes Wochenende hier Dienst?

SCHWESTER: (OFF) Nein, ich hatte frei.

HARRY: Hatten Sie was Nettes vor?

SCHWESTER: Meine Schwester feierte Hochzeit.

HARRY: (Laut)

SCHWESTER: Hier, bitte! Wir hatten tatsächlich einen Mister . . . Liebling, aber hier steht, er wurde verlegt.

HARRY: Sind Sie sicher?

SCHWESTER: Ja, es ist hier eingetragen.

HARRY: Und wann war das?

SCHWESTER: Das ist lange her. Dezember '43

HARRY: Darf ich das mal selber sehen?

SCHWESTER: (Laute)

HARRY: Danke.

HARRY: Ist die Eintragung neu?

SCHWESTER: (OFF) Nein, es ist eine alte Akte.

HARRY: (OFF) Es ist mit Kugelschreiber
              geschrieben. (ON) 1943 gab es noch keine
              Kugelschreiber.

SCHWESTER: Kugelschreiber? Wirklich?

HARRY: (ÜBERL) (Schniefen) Ja.

SCHWESTER: Dann wird's wohl so sein . . .

SCHWESTER: Und Kugelschreiber gab's damals noch
              nicht?

HARRY: Nein.

HARRY:	(Atem)
SCHWESTER:	(Laut)
HARRY:	Der Name hier, wer ist das? ... (OFF) Dr. Fowler ...
HARRY:	(Atem) Ist der noch im Dienst?
SCHWESTER:	Nur noch halbtags. Er ist alt.
SCHWESTER:	(Laut)
HARRY:	Vielen Dank!
SCHWESTER:	(kl. Lachen)
HARRY:	(Laut)

HARRY: (Atem, Laute)

HARRY: Na, wieder soweit für den Abendfix?

FOWLER: Wer sind Sie?

FOWLER: Wie sind Sie denn hier reingekommen?

HARRY: Durch den Briefschlitz . . .
              Ich bin Privatdetektiv.

FOWLER: In fremde Wohnungen einzubrechen, ist
              ein schweres Vergehen, was auch immer
              für (OFF) einen Beruf Sie haben.

HARRY: (4) Gehen Sie ans Telefon und rufen Sie die
              Polizei! . . . (Atem)

HARRY: (4) Dabei riskieren Sie dann allerdings, daß
              die Ihr kleines Opiumversteck (OFF) da im
              Kühlschrank findet . . .

FOWLER: Ich bin Arzt . . . Ich bin dazu berechtigt,
              Arzneimittel bei mir zu Haus zu haben.

HARRY: Ach, erzählen Sie den Quatsch, wem Sie
              wollen, hier geht es doch nicht um Salben
              oder Pflaster oder . . . 'ne Rolle Aspirin . . .

HARRY: (OFF) Wie lange hängen Sie schon dran?

FOWLER: Was wollen Sie von mir?

HARRY: (Atem) Informationen über Johnny
              Liebling. (Rauch auspusten)

FOWLER: Ich hatte mal einen Patienten mit dem
              Namen, aber das ist eine Ewigkeit her.

HARRY: Hören Sie mal zu, Doktor! Ich bin nicht hier,
              um mit Ihnen rumzualbern ...

HARRY: (4) (Atem) Entweder Sie geben mir
              brauchbare Antworten auf meine Fragen,
              oder ich rufe selber die Polizei.

HARRY: Ich hab Ihre Vorräte inspiziert, und wir
              wissen beide, daß die nicht für die
              Schluckimpfung geeignet sind.

FOWLER: (4) Soweit ich mich erinnere, war er durch
              eine Kriegsverletzung nervenkrank
              geworden ...

FOWLER: Der Mann war ein hoffnungsloser Fall,
              deshalb haben wir ihn verlegt, in ein
              Invalidenheim in Albany.

HARRY: (4) (OFF) Ich hab keine Lust, grob zu
              werden, aber ich hab in Albany
              nachgefragt. Da ist er nicht.

HARRY: Sie haben die Papiere gefälscht!

FOWLER: (4) (OFF) Ich mußte irgendwas
            reinschreiben, (ON) weil er neulich
            auf einmal Besuch hatte ... Zwölf Jahre
            hatte er keinen Besuch gehabt.

HARRY: (ÜBERL) (SCHLÜRFEN) Populär, der
            Junge, hä?

HARRY: (Atem) Also, wo steckt er?

FOWLER: Ich hab keine Ahnung. Ich weiß es nicht ...

HARRY: (ÜBERL) (Atem) Los, Freundchen, machen
            Sie keine Faxen! ... Also?

FOWLER: Ich hab ihn nie wieder gesehen seit
            damals, und das war im Krieg.

HARRY: (Atem) Doktor ...

HARRY: Wissen Sie, was Sie auf der Stirn haben? ...
            Ja? ... Das ist kalter Schweiß!

HARRY: Und warum? Weil Sie 's nicht erwarten
            können, daß ich verschwinde, damit Sie
            wieder an Ihren Kühlschrank rankönnen.

HARRY: Je schneller Sie mir erzählen, was ich
            wissen will, ... desto eher können Sie sich
            wieder eine von Ihren Spritzen
            reinjagen! ... Ist das klar?

HARRY: Ich frag Sie noch mal, Doktor:
             . . . Wo ist er?

FOWLER: Ich weiß es nicht. (Lippenlaute) . . . Es war
             vor vielen Jahren, bei Nacht, da kam ein
             Auto angefahren . . .

FOWLER: Er ist eingestiegen, die haben ihn
             abgeholt, und er kam nie wieder.

HARRY: Er ist einfach so eingestiegen? Ich denke,
             der Mann war ein hoffnungsloser Fall?

FOWLER: Als er bei uns eingeliefert wurde, . . .

FOWLER: (4) . . . war er im Koma, aber er kam auch
             wieder zu sich. . . . Nur die Amnesie, die hat
             er nie überwunden.

HARRY: Und diese Leute? . . . Wer hat ihn abgeholt?

FOWLER: Der Name des Mannes war Kelly, . . .
             Edward Kelly.

HARRY: (ÜBERL) (Atem, Laut)

FOWLER: (4) Und die junge Dame, das weiß ich nicht.
             Sie stieg nicht aus.

HARRY: Wo sind sie hin mit ihm?

FOWLER: Richtung Süden, glaub ich.

FOWLER: (4) Der Mann sagte: »Wir bringen ihn nach
                 Hause.«

HARRY: Was haben die bezahlt?

FOWLER: 25.000 Dollar.

HARRY: Wofür?

FOWLER: Dafür, daß niemand erfuhr, daß der Patient
                 nicht mehr in der Klinik war.

HARRY: Und die Verwaltung? Warum hat die nichts
                 gemerkt?

FOWLER: Warum sollte die was merken?

FOWLER: Ich habe die Eintragungen gemacht,
                 und . . . wer stellt schon Fragen, wenn die
                 Rechnungen pünktlich bezahlt werden.

HARRY: (Laute)

HARRY: So, und jetzt sprechen wir beide . . .
                 über Johnny Liebling.

FOWLER: (Laut)

FOWLER: (Atem)

HARRY: Wie sah er aus?

FOWLER: Ich weiß es nicht. Ich hab keine Ahnung,
            wie er aussah ... Sein Gesicht war kaputt.

FOWLER: Er hatte mehrere Gesichtsoperationen
            hinter sich. .... Sein Kopf war verbunden,
            als sie ihn abholten.

HARRY: (ÜBERL) (Atem, Seufzer)

HARRY: Und was für einer war dieser Kelly?

FOWLER: (Atem, Laut) Es ist so lange her ...

FOWLER: (4) Ich kann mich wirklich kaum an ihn
            erinnern, ... nur ganz vage. Er, ... er ...

FOWLER: (4) Er war gut angezogen, und er, ...
            er hatte einen Südstaatenakzent. Ich, ...
            ich ...

FOWLER: (flüstert)

HARRY: Was?

FOWLER: Ich kann mich wirklich nicht an ihn
            erinnern ...

HARRY: (Atem) Na, schön, Doktorchen, ist ja gut.
            Ganz ruhig!

HARRY: (4)Sie legen sich erst mal 'n bißchen hin
            und entspannen sich!

HARRY:	(4) Und ich geh inzwischen . . . an die frische Luft, ein paar Schritte spazieren, vielleicht 'n Happen essen, währenddessen frischt der Entzug vielleicht Ihr Gedächtnis auf. Okay?
HARRY:	(Atem) Na, hopp! Kommen Sie! (Atem)
FOWLER:	(ÜBERL) (Atem, Laute)

ENDE ZWEITER AKT

DRITTER AKT

HARRY: (OFF) Na, kommen Sie schon! Die paar Schritte werden Sie doch wohl noch schaffen . . .

HARRY: Manchmal wirkt so ein kleines Nickerchen Wunder . . . So, und jetzt hinsetzen!

FOWLER: (Atem)

HARRY: (4) (Atem) Schlaf erfrischt und entspannt ... (OFF) Ich laß Sie ein Weilchen allein.

HARRY: (4) (OFF) Und wenn ich zurückkomme, (ON) spendier' ich Ihnen vielleicht was Feines aus Ihrem Kühlschrank.

FOWLER: (ÜBERL) (Stöhner)

HARRY: Und wenn Sie mir dann sagen, was ich wissen will, sind Sie mich ein für allemal los. (Atem)

HARRY: (Atem)

(2. Band)
STIMME: Harry! . . . Harry! . . . Harry! . . . Harry!

HARRY: (Atem)

93

HARRY:	(OFF) (Atem, Laute)
HARRY:	(Atem, Schlürfen)
HARRY:	Ich bin wieder da, Doktor! Jetzt werden Sie erlöst!
HARRY:	(OFF) Ich hab Ihnen was mitgebracht, nichts zu essen, was Besseres . . .

HARRY:	(Atem)
ELLIE:	(4) Na, klar . . . Also dann . . . Bis bald!
HARRY:	Tag, Ellie!
ELLIE:	Tag!
HARRY:	Ist der da dein Freund?
HARRY:	(4) Und das Auto gehört ihm?
ELLIE:	Ja.
HARRY:	Wirklich?
ELLIE:	Ja.
HARRY:	Toll!
HARRY:	Gratuliere!
ELLIE:	Wiedersehen!
HARRY:	(kl. Lachen) . . . Bis später!
HARRY:	(Atem)
HARRY:	(4) (Atem, Laute)
HARRY:	(4) (Atem)

CYPHRE: Sie haben ihn gesehen? (2. gefunden?)

HARRY: Nein.

CYPHRE: Warum nicht?

HARRY: Ich hätte ihn gar nicht sehen können.
            (2. finden können.)

CYPHRE: Wieso?

HARRY: (Atem) Wieso? . . . Weil er nicht mehr da ist.

HARRY: (Atem) Johnny Favorite hat diese
            Privatklinik vor genau zwölf Jahren für
            immer verlassen . . .

HARRY: Er trug seinen besten Anzug, sein neues
            Gesicht war hinter Verbänden versteckt,
            er hatte Kopfschmerzen. (Atem)

HARRY: (4) Er wurde abgeholt von einem Mann
            namens Kelly und einer jungen Dame.

CYPHRE: (Laut)

HARRY: Kennen Sie diesen . . . Kelly?

HARRY: (Atem) Offenbar hat dieser Kelly einen
            korrupten Arzt namens Fowler all die
            Jahre bezahlt, damit der vortäuscht,
            daß Ihr Johnny noch da ist.

Harry Angel am Beginn seiner Suche nach dem verschwundenen Johnny Favorite

**Jede Art von Überraschung
für Harry Angel**

**Am Ende
eines
langen
Weges**

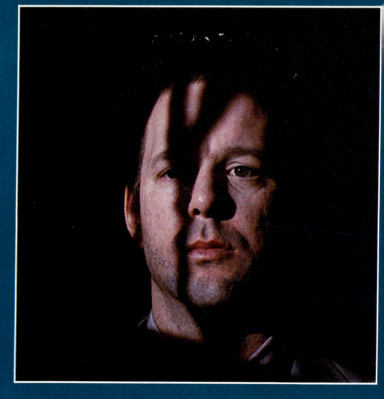

HARRY: (Atem) Dieser Fowler hat ihn als Patienten
              weitergeführt.

CYPHRE: (Atem, Laut)

CYPHRE: (Atem) ... (Off) Es sieht so aus, als ob unser
              Johnny sich ganz professionell aus dem
              (ON) Staube gemacht hat.

HARRY: (OFF) (Laute) Sieht so aus.

CYPHRE: Sie wissen ja, was man über Schnecken
              sagt ...

HARRY: (Atem) Nein. Was sagt man denn über
              Schnecken?

CYPHRE: Daß sie immer eine Schleimspur
              hinterlassen.

CYPHRE: Sie werden ihn finden.

HARRY: Nein, ich werde ihn nicht finden. ... (Atem)
              Denn eine Kleinigkeit wissen Sie noch
              nicht.

HARRY: (Atem) Dieser Doktor Fowler ist tot ...
              Er liegt auf seinem (OFF) Bett, und
              sein Gehirn ist über das Kopfkissen
              verteilt.

CYPHRE: Dieser Fowler?

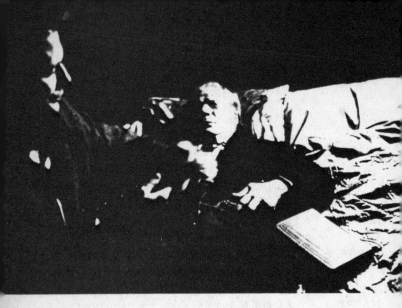

HARRY: Ja. Fowler.

CYPHRE: Waren Sie das?

HARRY: (OFF) Nein, ich hab ihn nicht erschossen.
            (2. F.: Nein, ich war's nicht.)

HARRY: Aber die Polizei könnte es annehmen.

CYPHRE: (Laut)

HARRY: (4) (OFF) Ich hab für 125 Dollar am Tag
            angefangen, nach Ihrem Johnny zu
            suchen. Ich finde eine Leiche . . .

HARRY: (4) Und schon stehe ich unter
             Mordverdacht. Das ist zu riskant.
             Ich bin draußen.

CYPHRE: (Laut, Atem) Das sind die Risiken Ihres
             Berufes, . . . Mr. Angel.

CYPHRE: (4) (Atem) Wenn das Honorar Ihnen Sorgen
             macht, können wir's erhöhen.

HARRY: Sie machen mir Sorgen, Mr. Cyphre!

HARRY: (OFF) Ich hab nie was mit Mordfällen zu
             tun gehabt, ich bin nie näher an Leichen
             rangekommen (ON) als am Ende der
             Zweiten Avenue, wo die Leichenwagen
             vorbeifahren.

HARRY: (4) Näher nicht . . . Denn ich mag keine
             Leichen.

CYPHRE: (Atem) Haben Sie Angst?

HARRY: (Atem) Ja, ich hab Angst.

CYPHRE: (Atem) Ich kann meinen Anwalt
             beauftragen, Ihnen sofort einen Scheck
             über fünftausend Dollar zu schicken.
             Wenn Sie trotzdem aussteigen, . . .

CYPHRE: (4) . . . engagiere ich jemand anderen.

HARRY: (Laut, Atem)

HARRY: Fünftausend?

CYPHRE: Fünf . . . tausend.

HARRY: (OFF) (Atem)

HARRY: Sie müssen auf diesen Johnny ziemlich
              scharf sein.

CYPHRE: Ich mag keine unbezahlten Rechnungen.

HARRY: (Atem)

CYPHRE: Ganz interessant, es gibt Religionen, die
              halten . . . das Ei für ein Symbol der Seele.
              Wußten Sie das?

HARRY: Nein, das wußte ich nicht.

CYPHRE: (Atem, Pusten) . . . Möchten Sie ein Ei?

HARRY: (Atem) Nein, danke . . . (Atem) Ich hab was
              gegen Hühner.

ENDE DRITTER AKT

CYPHRE: (Eßlaute)

JUNGE: Guck mal, die da vorne!

HARRY: (Laute, Stöhnen)

1. MANN: (Atem, Laute)

1. MANN: (Schreie)

HARRY: (Atem, Stöhnen)

2. MANN: (Laute)

HARRY: (Atem)

1. MANN:
2. MANN: (Laute)

HARRY: (Atem)

1. MANN:
2. MANN: (Atem)

HARRY: (Atem)

1. MANN:
2. MANN: (Atem)

HARRY: (Atem)

1. MANN:
2. MANN: (Atem)

HARRY: (Atem)

1. MANN:
2. MANN: (Atem)

HARRY: (Atem)

1. MANN:
2. MANN: (Atem)

HARRY: (Atem)

(2. Band)
3 MÄNNER:
3 FRAUEN: (AD LIB)

(2. Band)
REPORTER: Der kleine Mann aus Korea schlägt sich
                gut. Was ihm an Gewicht fehlt, macht er
                mit Kampfgeist wett!

(2. Band)
REPORTER: Und er weiß auch, was Beinarbeit
                bedeutet. Er muß ausweichen, eine
                rechte Gerade von Jimmy O'Donnall,
                und er wäre am Boden!

(1. Band)

WIRT: Du hast was verpaßt, gestern abend. Du hättest ihn sehen sollen! Du kannst dir nicht vorstellen, wie der angegeben hat.

CONNIE: Du bist ganz schön spät, Harry . . . Es ist schon nach elf!

HARRY: (Atem) . . . Tut mir leid. (Kuß)

(2. Band)

REPORTER: Wenn er den alten Hasen auspunktet, dann hat sich der Kampf um die kleine Börse gelohnt.

HARRY: Hast du's bekommen?

CONNIE: Wenn ich meinen Job verliere, . . .

CONNIE: . . . engagierst du mich als deine Sekretärin!

HARRY: Allerdings soviel, wie du bei der ›Times‹ verdienst, würde ich dir nicht bezahlen können. Außerdem, wegen der paar Fotos aus dem Archiv schmeißen dir dich nicht raus.

HARRY: (4) (OFF) Na, Johnny? Wie komme ich dir auf die Spur?

CONNIE: (OFF) Johnny Favorite war ein Schnulzensänger. Im Süden.

HARRY:	(OFF) (Laut)
HARRY:	(OFF) Daß er so bekannt war, wußte ich nicht . . .
CONNIE:	(OFF) Er war bei einer Band, dem Spider Simpson Orchester . . . Das gibt's nicht mehr.
CONNIE:	(4) (OFF) Nur Spider lebt hier noch.
HARRY:	(OFF) Ja? Wo wohnt er?
CONNIE:	(4) Ich hab dir alles aufgeschrieben. . . . Die Lesbe im Archiv wird schon mißtrauisch, weil ich soviel rumwühle.
CONNIE:	(4) (OFF) Mein Boss hat nämlich seit Jahren nicht mehr recheriert.
HARRY:	Hauptsache, du kommst ran an die Akten. . . . (Kuß)
CONNIE:	Spider wohnt in einem Altersheim . . . In der 138sten Straße.
HARRY:	Ach, wundervoll, dann komm ich wieder mal nach Harlem.
HARRY:	(OFF) Es gibt ein Foto von Johnny mit einem Mann namens Toots Sweet, (ON) einem Guitarrespieler.

HARRY:	(OFF) (Atem) Aha . . .
CONNIE:	Von dem hat man auch nichts mehr gehört.
CONNIE:	(OFF) So, und nun kommt der pikante Teil. Er war mit einer reichen (ON) Braut verlobt, Margaret Krusemark.
CONNIE:	(4) Ihrem Vater Ethan gehört halb Louisiana. Sie hat Johnny auf einem Ball kennengelernt, in New Orleans!
CONNIE:	(4) Johnny hat sie beschissen, und da ist sie wieder zurück zu ihrem Alten . . . Ach, ja, und sie macht so was wie Beschwörungen.
HARRY:	(4) Beschwörungen? . . . Was meinst du mit ›Beschwörungen‹?
CONNIE:	(Laute)
HARRY:	(Atem) Meinst du, sie mixt Zaubertränke mit Vogelaugen, Froschzehen und solchem Scheiß?
CONNIE:	(4) Sie ist so 'ne Art Wahrsagerin, 'n bißchen spinnert. . . . Sagt den Leuten aus der feinen Gesellschaft die Zukunft voraus.
HARRY:	(ÜBERL) (Atem)

CONNIE: Erzählt denen Geschichten, ob die geil
            drauf sind oder nicht.

HARRY: (ÜBERL) (Atem, Laut)

CONNIE: (4) Ach, ja, ... und einen Spitznamen hat sie
            auch: ›Die Hexe von Wellesley‹.

HARRY: Die Hexe von Wellesley ...

CONNIE: (Atem, Laute) ... Habe ich es gut gemacht?

HARRY: (Atem) Ja ... Ganz prima!

HARRY: Also, wie weit bin ich? Ich habe einen
            neuen Kunden, der scheint einigermaßen
            verrückt zu sein.

HARRY: (4) (Atem) Ich muß Johnny ›Die Goldkehle‹
            finden. Wir wissen nicht, wo er ist. Er
            selber weiß wahrscheinlich nicht, wer er
            ist ...

CONNIE: (Atem)

HARRY: (Atem) Dann gibt's noch einen
            altersschwachen Bandleader irgendwo in
            Harlem, ..

HARRY: ... und einen Guitarrespieler. Er heißt
            Toots Sweet ... (Atem)

HARRY: (OFF) Was hab ich noch?

CONNIE: (Atem) Einen Ständer.

HARRY: (Laut)

CONNIE: (4) (OFF) Was ist denn?

HARRY: (Atem)

MANN: (OFF) (SCHREI)

(2. Band)
HARRY: (TONBAND) 3. Januar 1955 . . . Kunde:
               Louis Cyphre.

(2. Band)
HARRY: (TONBAND) Kopie an Winesap und
               Mackintosh, Anwälte.

(1. Band)
HARRY: (Atem)

HARRY: (Laute)

(2. Band)
HARRY: (TONBAND) Es scheint erwiesen zu sein,
               daß Johnny Favorite sich während der
               letzten zwölf Jahre nicht mehr in der
               Privatklinik aufgehalten hat.

(2. Band)

HARRY: (TONBAND) Er ist von einem Mann namens Edward Kelly und einer jungen Dame abgeholt worden. Der Name der Dame ist nicht bekannt.

(1. Band)

HARRY: (Atem)

HARRY: (Rauch auspusten)

(2. Band)

HARRY: (TONBAND) Kelly hat Dr. Fowler 25.000 Dollar bezahlt. Dafür hat Fowler falsche Eintragungen gemacht, denen zufolge Johnny Favorite immer noch in der Klinik war.

HARRY: Doktor Fowler . . . ist inzwischen verschieden. (Rauch auspusten)

HARRY: (4) Bevor Johnny verletzt wurde, entwickelte sich seine Karriere ziemlich erfolgreich . . . (Laut, Atem) Er neigte nur dazu, sich bei Frauen auszuweinen. (Atem, Schlucken)

HARRY: (Atem) Ich habe Spider Simpson ausfindig (OFF) gemacht, Johnnys alten Bandleader.

HARRY: (4) (OFF) Spider lebt zur Zeit in einem Seniorenheim in der 138sten Straße . . .

HARRY: (OFF) Johnny hatte noch einen anderen
                  engen Freund, einen Guitarrespieler mit
                  Namen Toots Sweet.

(2. Band)
HARRY: Und warum mußte er sich immer
                  ausweinen?

SPIDER: Vielleicht fand er es schön, daß ihn alle
                  bemitleiden.

(2. Band)
HARRY: Aber es ging ihm doch gut!

SPIDER: Ja, jedenfalls Geld hatte er genug!

HARRY: Na, also!

SPIDER: Aber Geld ist nicht alles.

(1. Band)
HARRY: (OFF) Toots ging zurück zu den Algeriern.
                  Nicht zu denen in Afrika, zu denen, die in
                  New Orleans lebten.

HARRY: (Atem) Ich könnte mir vorstellen, daß
                  Margaret auch wieder in New Orleans
                  lebt und auch Johnny.

HARRY: Ach, ja . . . (Atem) Spider behauptet, . . .
                  Johnny hatte eine heimliche Liebe . . .

HARRY: Eine Schwarze. Ihr Name: . . . Evangeline
              Proudfoot.

HARRY: (Atem) Evangeline soll . . . einen
              Hokuspokusladen besessen haben,
              in Harlem . . . (Laut) Er hieß ›Mammy
              Carter's‹ . . . (Atem)

HARRY: (Atem) Das brauchen Sie nicht zu wissen,
              Cyphre. Das geht Sie nichts an. (Atem)

HARRY: (Atem) Eine heimliche Liebe sollte
              heimlich bleiben. (Rauch auspusten)

HARRY: (4) (OFF) (Atem) und dann war da noch ein
              Mensch, mit dem Johnny regelmäßig
              verkehrte. Eine Handleserin, draußen
              in Coney Island! Madame Zora.

HARRY: Heißen Sie Izzy?

IZZY: Ja.

HARRY: (4) Scheinen die letzten Sonnenstrahlen
            zu sein.

IZZY: Ja.

HARRY: (4) Ein Junge draußen bei den Buden hat
            mir gesagt, daß Sie mir vielleicht
            weiterhelfen könnten.

IZZY: Ach, ja?

HARRY: Ja.

112

HARRY: (4) Ich suche eine Madame Zora.

IZZY: Ja, ja, die kenn ich . . . War 'ne Freundin
            meiner Frau. Vor dem Krieg.

HARRY: (4) So 'ne Art Wahrsagerin, nicht?

IZZY: Ja, mehr noch. Richtig unheimlich!

IZZY: (4) Ich hasse solche Hokuspokusweiber.
            Verdammte Hexen!

IZZY: (4) Mit meiner Frau hat sie sich prima
            verstanden. Meine Frau ist Baptistin . . .
            Ach, hier!

IZZY: Sie brauchen einen Nasenschutz! . . .
            Los, nehmen Sie schon! Tut gut.

IZZY: (4) Ich hab 'ne ganze Schachtel voll unter
            dem Holzsteg gefunden.

HARRY: (Laute) Wir haben im Augenblick nicht
            gerade viel Sonne . . .

IZZY: Ja, aber es schützt auch ebensogut vor
            Regen.

HARRY: Sagen Sie, . . . haben Sie mal den Namen
            Johnny Favorite gehört?

IZZY: Der Sänger?

HARRY: Ja, der Schnulzensänger.

HARRY: Der soll Madame Zora immer besucht
            haben.

IZZY: Ich hab von ihm gehört, aber ich weiß
            nichts über ihn . . .

IZZY: Da, fragen Sie (OFF) meine Frau, die wird's
            wissen. Die singt all den Quatsch aus dem
            Radio. Die kennt den ganzen Scheiß.

HARRY: (OFF) (Laut)

HARRY: (4) Sie liebt das Meer, was?

IZZY: Nein, sie haßt es . . . Aber sie wird immer
            dicker . . .

114

IZZY: (4) Sie denkt, es ist gut gegen ihre
               Krampfadern.

HARRY: Aha . . . (kl. Laute, Atem) . . . Ja, also dann,
               danke . . .

HARRY: (4) Sagen Sie mal, was machen Sie hier
               eigentlich im Sommer?

IZZY: Ich beiße den Ratten die Köpfe ab.

HARRY: Und was machen Sie im Winter?

IZZY: Dasselbe . . . (Lachen)

HARRY: (kl Lachen)

IZZY: (Lachen)

                       ENDE VIERTER AKT

FÜNFTER AKT

HARRY: Entschuldigen Sie bitte! Ich hab gerade mit Ihrem Mann da drüben gesprochen.

HARRY: Ich hab ihn nach jemand' gefragt, . . . einer Madame Zora.

EHEFRAU: Die hab ich gekannt. Vor dem Krieg.

EHEFRAU: Madame Zora, (OFF) sagen Sie?

HARRY: Sie soll so was wie eine Wahrsagerin gewesen sein.

EHEFRAU: Sie hat drüben am Plankenweg eine Bude gehabt, direkt neben uns.

EHEFRAU: Sie war keine richtige Wahrsagerin, sie hat nur gesagt, sie wär eine . . . Sie hat mit allem möglichen Zeug herumgehudelt.

HARRY: Haben Sie bei ihr mal jemand(en) gesehen, der Johnny Favorite hieß?

EHEFRAU: (OFF) Ja, der war süß, der kam sie andauernd besuchen. Sie war richtig (ON) verrückt nach ihm.

EHEFRAU:	›Der Junge mit den goldenen Kerzen‹ nannten wir ihn. Alle seine Melodien hab ich gekonnt.
HARRY:	Ich suche übrigens noch jemand(en). Eine gewisse Margaret Krusemark.
EHEFRAU:	Leben Sie hinterm Mond, oder wollen Sie mich verscheißern? . . . Madame Zora war Margaret Krusemark.
HARRY:	(Atem) Was ist aus ihr geworden?
EHEFRAU:	Sie hat eines Tages ihre Koffer gepackt und ist abgefahren.
EHEFRAU:	Dahin, wo sie herkam. In den Süden!
HARRY:	(Atem) Haben Sie vielleicht eine Ahnung, wo ich Johnny Favorite finden könnte?
EHEFRAU:	(OFF) Vielleicht auf dem Friedhof.
EHEFRAU:	(OFF) Wollen Sie ein Lied von ihm hören? (2. F.: Soll ich Ihnen ein Lied von ihm singen?)
EHEFRAU:	(4) (OFF) ›Ich hab um dich geweint, und jetzt weinst du um mich . . .‹
HARRY:	(4) Noch mal schönen Dank für den Nasenschutz.

117

IZZY: Schon gut.
                       (2. F.: Da nicht für.)

(1. Band)
HARRY: (4) Ich kann ihn brauchen, da, wo ich
                       hingehe.

IZZY: Brooklyn?

(1. Band)
HARRY: Nein, Louisiana.

IZZY: Nett!

(2. Band)   **(Für 2. Band ZUSAMMEN)**
EHEFRAU: (OFF) ›Wenn über mir die Sonne scheint,
                       dann denk ich immer nur an dich . . .‹

EHEFRAU: Wo wollen Sie hin?

HARRY: (Atem)

HARRY: Tag.

MARGARET: (Laut) . . . Mr. Angel?

HARRY: Ja.

MARGARET: Sie müssen einen Augenblick warten, aber
              Sie sind auch zu früh.

HARRY: Ich hatte Sie schlecht verstanden am
              Telefon. Ich wußte nicht, ob Sie vier
              oder vier Uhr dreißig gesagt hatten.

HARRY: Alle Achtung! Eine tolle Wohnung, die Sie
              hier haben!

MARGARET: Ja, ja, hier läßt es sich leben.

HARRY: (4) (Atem) Sie müssen wissen, ich war noch
              nie bei einer Wahrsagerin . . . Dauert es
              lange?

MARGARET: Ich schreibe mir jetzt nur Ihre Daten auf . . .
              Für das Horoskop brauche ich dann ein
              paar Tage.

HARRY: (Laut)

MARGARET: (OFF) Tee? . . . Trinken Sie mit mir Tee?

HARRY: Oh, ja . . . Danke.

120

MARGARET: (Atem) Mathilde, voulez vous nous preparer du thé, (OFF) s'il vous plait!

HARRY: (Atem)

MARGARET: Darjeeling, . . . Jasmin oder Oolong?

HARRY: (Atem, Laut) . . . Oolong.

MARGARET: Die meisten mögen Oolong nicht.

HARRY: (Laut, kl. Lachen)

NEGERIN: (OFF) Vous voulez les (ON) meilleures tasses, Madame?

MARGARET: Nein. . . . Können Sie Klavier spielen?

HARRY: Nein. Nein, nicht richtig.

MARGARET: Können Sie singen?

HARRY: (Atem) Ich kann mir . . . eine Melodie merken, aber singen . . . kann ich nicht.

HARRY: (Atem) Sagen Sie, wer ist dieser . . . (OFF) unsympathische Mann da?

MARGARET: Das ist mein Vater.

HARRY: (Atem) Oh . . . (kl. Lachen) Ich bitte um Verzeihung.

121

MARGARET: Er mag das Foto auch nicht.

HARRY: Komisch, aber er sieht auf dem Foto aus, als könnte er eine Rolle in einem Piratenfilm spielen.

HARRY: Wie heißt Ihr Vater?

MARGARET: Ethan.

HARRY: Ethan . . . Ethan Krusemark.

HARRY: Aber wenn es Sie beruhigt, ich hab ihn noch nie . . . im Kino gesehen.

NEGERIN: Ca sera tout, Madame?

MARGARET: Oui, merci, Mathilde, vous pouvez partir.

NEGERIN: Vous avez besoin de moi (OFF) demain?

MARGARET: (OFF) Non, vous allez jeudi.

NEGERIN: (OFF) Au revoir, Madame!

MARGARET: (OFF) Au revoir, Mathilde!

MARGARET: Sprechen Sie Französisch, Mr. Angel?

HARRY: (Lachen, Atem) Ich stamme aus Brooklyn.

MARGARET: Es wär mir lieber, wenn Sie nicht rauchen
              würden.

HARRY: Natürlich, . . . dann nicht.

MARGARET: Etwas Sahne oder Zucker?

HARRY: Nein, ohne alles, bitte, für mich. Danke
              schön . . . (Laut)

MARGARET: Also, dann brauche ich zuerst Ihr genaues
              Geburtsdatum.

HARRY: (Atem) Aber ja . . .

HARRY: Geboren bin ich am 14. Februar . . .

HARRY: (Atem) 1918. . . . am Valentinstag.

MARGARET: Eigenartig . . .

MARGARET: (Atem) Ich kannte mal einen Mann, der
              hatte am gleichen Tag Geburtstag.

HARRY: Ach . . . Tatsächlich?

HARRY: Na, Sie wissen ja, es gibt die verrücktesten
              Dinge, wenn Soldaten auf Urlaub
              kommen . . .

HARRY:	Nehmen Sie doch einfach von Ihrem Freund das (OFF) Horoskop. Dann sparen wir uns vielleicht 'ne Menge Zeit.
MARGARET:	Nein, das glaube ich nicht, Mr. Angel . . . (Atem) Kein Horoskop gleicht einem anderen.
MARGARET:	(4) Und sein Horoskop (OFF) würden Sie sicher nicht mögen.
HARRY:	(Laute)
MARGARET:	Wo sind Sie geboren?
HARRY:	Äh, . . . in Brooklyn, New York.
HARRY:	(4) Warum? War er ein Trottel oder 'n Idiot, Ihr Freund?
MARGARET:	(kl. Lachen) Ja, so was Ähnliches.
HARRY:	(Laut, Atem) . . . Sie kamen wohl . . . nicht zurecht mit ihm. . . . Mit Johnny?
HARRY:	Oder? . . . Ich meine Johnny Favorite . . .

ENDE FÜNFTER AKT

SECHSTER AKT

MARGARET: (Atem) Wer sind Sie?

HARRY: (OFF) Ein alter Kriegskamerad . . .

HARRY: Ich dachte, Sie und er, Sie beide . . .
              wären . . .

HARRY: (4) Also gut, ich bin kein alter
              Kriegskamerad. . . . Ich lasse mich dafür
              bezahlen, daß ich herumschnüffle.

HARRY: (OFF) Und um Ihnen die Wahrheit zu
              sagen: Ich wurde nicht am Valentinstag
              geboren.

HARRY: (4) (OFF) (Atem) Es ist Johnnys Zukunft,
              die mich interessiert.

MARGARET: Johnny hat keine Zukunft. . . . Er ist tot.

MARGARET: Er ist vor zwölf Jahren gestorben,
              Mr. Angel. Und jetzt gehen Sie bitte!

HARRY: (4) Augenblick! Ich kann mir vorstellen,
              was Sie jetzt denken. Daß ich ein mieser
              Schnüffler bin, der seine Nase in Dinge
              steckt, die ihn nichts angehen . . .

126

HARRY: (4) Ich mach das nicht aus Neugier, ich hab
             einen Auftrag, ich muß rauskriegen . . .

MARGARET: (ÜBERL) Er ist tot, Mr. Angel. . . . Und wenn
             nicht, für mich ist er trotzdem tot.

HARRY: Ach, so ist das. . . . Er hat Ihnen wohl
             ziemlich weh getan . . .

MARGARET: Wahrscheinlich hat jeder von uns seine
             Narben.

HARRY: Ich verstehe zwar nicht viel von diesem
             Spiel, aber es muß ganz schön dämlich von
             Johnny gewesen sein, Sie gehen zu lassen.

MARGARET: Lügen und grausam sein, fällt den meisten
             Menschen nicht schwer. . . . Leben Sie
             wohl, Mr. Angel.

HARRY: Ein Jammer! . . . Ich war schon ganz
             neugierig darauf, was Sie mir
             prophezeien . . .

HARRY: Und darauf, daß Sie meine Hand in Ihrer
             Hand halten.

MARGARET: Es würde Ihnen nicht gefallen, was ich
             sehe.

HARRY: (Atem) . . . Eine sehr hübsche (OFF) Hals-
             kette haben Sie da . . .

HARRY:	Tag. . . . Guten Tag! . . . (Atem, Laut) . . . Haben Sie irgendeine Heilwurzel? . . . Was gegen Erkältungen?
MAMMY:	(4) Im Stück oder gemahlen?
HARRY:	Ich weiß nicht, was ist denn praktischer?
MAMMY:	Naß geworden, hä?
HARRY:	(Atem) Ja. (kl. Lachen)
MAMMY:	Zwei Wurzeln . . . Kosten einen Dollar zwanzig.
HARRY:	(Atem, Laut)
HARRY:	Äh, ich würde Sie ganz gern was fragen, bei der Gelegenheit. Ich hatte mal eine . . . Bekannte, in Harlem, die handelte mit . . . Kräutern und Wurzeln und solchem Zeug . . .
HARRY:	(4) Ihr Name war Evangeline. Haben Sie zufällig mal von ihr gehört?
ZAHNLOSER:	(4) Hier heißt fast jede Zweite Evangeline, Mister. . . . Nach dem (OFF) Gedicht.
ZAHNLOSER:	(OFF) Kennen Sie das Gedicht?
HARRY:	Ja, ich glaub schon . . .

HARRY:	(Atem) Ja, ja, ich kenn' es. Diese . . . Bekannte von mir, die hatte einen Laden in Harlem. Und der hat denselben Namen. (OFF) ›Carter‹.
MAMMY:	(4) Jeder zweite Laden nennt sich Carter, Mister, . . . oder Howard Johnson. . . . Aber der hieß schon immer so!
HARRY:	Ihr Name war . . . Proudfoot. . . . Evangeline Proudfoot.
MAMMY:	(OFF) Ja . . .
MAMMY:	Ich kannte sie. . . . Sie ist ab und zu hergekommen, als sie noch in New York lebte.

HARRY: Und wissen Sie, . . . wo sie jetzt lebt?

MAMMY: Sie wurde krank und starb.

MAMMY: (OFF) . . . Nachdem sie wieder ganz hierher zurückgekommen war. Sie liegt auf dem Friedhof von Armandville.

MAMMY: Sie hat immer auf einen Kerl gewartet.

HARRY: Auch so wie in dem Gedicht.

MAMMY: (OFF) Genau so wie in dem Gedicht . . .

MAMMY: Ein Dollar zwanzig.

HARRY: (Atem) Und wer, . . . wer war der Kerl?

MAMMY: Das hat nie jemand erfahren.

HARRY: (Atem) Okay. Danke.

VERLEIHER: Eine Woche, sagen Sie?

HARRY: Ja, höchstens.

MÄNNERSTIMME: (4) Schluß jetzt mit dem Geklapper!

EPIPHANY: (4) Hör auf zu weinen! (OFF) Was hast du
              denn? . . . Nun komm, hör schon auf!

EPIPHANY: (4) (OFF) Wir besuchen (ON)
              Großmama! . . . Na, wo ist sie, hä?

EPIPHANY: (4) Wo ist Großmama? . . .
              Deine Großmama . . .

EPIPHANY: (OFF) Na, komm! . . . Gib mir deine Hand!

EPIPHANY: Was ist das? . . . Seife!

HARRY: (Atem) . . . Entschuldigung!

HARRY: Miss Proudfoot?

EPIPHANY: Ja?

HARRY: (4) Oh, entschuldige! Ich hab das Ding von
              so einem verrückten Kerl auf Coney Island
              (OFF) geschenkt bekommen.

EPIPHANY: (Laute)

HARRY: Entschuldige!

EPIPHANY: Hör auf zu schreien!

HARRY: (4) (OFF) (Laut) . . . (ON) Eigentlich bin ich
              gekommen, um, äh, . . . um ihre Mamma zu
              besuchen . . .

EPIPHANY: Ja?

EPIPHANY: (4) Da kommen Sie ein bißchen zu spät. . .
              Haben Sie sie gekannnt?

HARRY: Nein, ich hab sie nie kennengelernt,
              aber . . . ich hatte gehofft, sie, . . . sie könnte
              mir ein paar Fragen beantworten.

EPIPHANY: Wer sind Sie? Sind Sie von der Polizei?

HARRY: Nein. . . . Mein Name ist Harry Angel.

EPIPHANY: (Atem, Laut)

HARRY: (OFF) Ich bin Privatdetektiv.
EPIPHANY: (Laut)

HARRY: Und wie, äh . . .?

EPIPHANY: (OFF) Epiphany.

HARRY: Epiphany?

EPIPHANY: (Atem) Ja.

HARRY: Da hat Ihre Mama Sie mit einem
              besonders schönen Namen
              zuruckgelassen!

EPIPHANY: Und mit sonst gar nichts.

HARRY: (Laut, Atem) Ehrlich gesagt, ich, . . . ich
             versuche, einen Freund Ihrer Mutter zu
             finden, . . . (OFF) der Mann heißt Johnny
             Favorite . . .

EPIPHANY: Ja?

EPIPHANY: Ich hab Mammas Freunde alle gekannt,
             aber ein Favorite war nicht dabei.

HARRY: (Laute, Atem) . . . Oh, Scheiße! . . .
             Ich hab, . . . ich hab immer . . . Probleme
             mit Hühnern . . . (kl. Lachen)

EPIPHANY: Ja?

134

HARRY: Ja ... (Atem) Dieser Johnny Favorite war
           ein Freund Ihrer Mama ...

HARRY: Sie war damals in New York, vor dem Krieg.

EPIPHANY: Ach, darüber hat sie nie gesprochen ...
           (Schniefen)

EPIPHANY: Mamma mochte Männer gern. Sie hatte
           viele.

HARRY: (Atem) Es gab da noch jemand(en), einen
           Toots Sweet. (OFF) Er war ein Freund von
           Johnny Favorite. Haben Sie von dem mal
           gehört?

EPIPHANY: Nein.

HARRY: (4) (OFF) Er soll ein guter Guitarrespieler gewesen sein. (ON) Ich dachte, ich könnte ihn mir heute abend ansehen.

HARRY: (Atem) Ich werde wahrscheinlich ein paar Tage . . . in der Stadt bleiben, in einem Hotel. Sie können mich ja anrufen, wenn, . . . wenn Ihnen irgendwas einfällt, (OFF) was mir weiterhilft.

HARRY: (4) (OFF) Ich schreib Ihnen die Nummer auf . . . von dem Hotel . . .

HARRY: Sie sind sehr hübsch, Epiphany, und (kl. Lachen) Ihr Name paßt zu Ihnen.

HARRY: (Laute) Die Hühner! Immer wieder!
              (Lachen)

HARRY: (Laute)

EPIPHANY: Weswegen sind Sie denn hinter ihm her?
              Was wollen Sie von ihm?

HARRY: Ich bin nicht hinter ihm her.

HARRY: Ich werde nur dafür bezahlt, daß ich
              rauskriege, wo er ist.

EPIPHANY: Und wenn er unter der Erde ist?

HARRY: Dann muß ich mir 'n Spaten kaufen.

2 KINDER: (Lachen)

HARRY: (Lachen)

TOOTS: (Lachen)

ENDE SECHSTER AKT

SIEBENTER AKT

HARRY: Das ist eine besonders schöne Melodie, die
         Sie da gesungen haben, Mister Sweet.

TOOTS: Toots heiß ich. Danke.

HARRY: Okay. Darf ich Sie zu was einladen?

TOOTS: (Atem)

TOOTS: (4) Nein, ich bekomme den hier auf
         Rechnung des Hauses. Keine Ahnung,
         was die da reinmixen, aber es macht mehr
         Spaß, als sich von jemand' einladen lassen.

HARRY: Soll ich Ihnen mal was sagen? Ich hab Sie
         in New York spielen hören, vor vielen Jah-
         ren!

TOOTS: (Atem) Ja?

HARRY: Ja, es war noch vor dem Krieg, in der
         alten . . . Dickie Wells Bar.

TOOTS: Ja . . .?

HARRY: (ÜBERL) Ja! . . . Ja, Sie waren ganz schön in
         Form, Sie sind zusammen aufgetreten . . .
         mit einem Sänger, Johnny Favorite.

TOOTS: Ja, ich glaube, mit dem Kerl bin ich mal
           früher aufgetreten . . .

HARRY: Ja. Und Johnny war doch auch 'n guter
           Kumpel von Ihnen.

TOOTS: (Atem) Nein, er hat mal 'ne Platte mit mir
           aufgenommen, deswegen ist er noch kein
           guter Kumpel. Sind Sie 'n Schreiber oder
           ('n) Schnüffler?

HARRY: (4) (kl. Lachen) . . . Keins von beidem . . .
           (Atem) Ich bin Journalist, und ich schreibe
           für eine Zeitung einen Artikel über, . . . über
           Johnny und dieses, . . . dieses alte ›Spider
           Simpson Orchester‹.

TOOTS: Das hab ich immer noch im Ohr. Spiders
           Schlagzeug klang wie zwei rammelnde
           Kaninchen.

TOOTS: (4) (Atem) Ich muß los. (OFF) Ich hab
           gerade noch Zeit zu spucken und zu
           pissen, und dann wieder an die Arbeit.

TOOTS: Sie müssen sich auch so 'n Ding hier mixen
           lassen, dann fällt Ihnen von selber ein, was
           Ihre Zeitung von Ihnen haben will. Ihr
           erfindet doch sowieso den Quatsch, den
           ihr schreibt, ihr von der Zeitung.

HARRY: (Atem) (Rauchen)

(2. Band)

2 MÄNNER	(OFF) (AD LIB)
TOOTS:	(OFF) Kann man nicht mal in Ruhe pissen?
HARRY:	Ich will mich doch nur eine Minute in Ruhe mit Ihnen unterhalten. Über Johnny Favorite und Evangeline Proudfoot.
TOOTS:	(ÜBERL) Ich bin zu dick, um mich unter Betten zu verstecken. Ich weiß nichts!
TOOTS:	(4) (OFF) Ich trinke meinen Cocktail und mach meine Arbeit, und (ON) sonst gar nichts! ... Verflucht ...

140

HARRY: Was bedeutet das, Toots?

TOOTS: Gar nichts. Ich will jetzt pissen. Lassen Sie
             mich in Ruhe!

HARRY: (ÜBERL) (Atem, Laute)

HARRY: (Laute)

SCHWARZER: (OFF) (ÜBERL) Wenn du nicht sofort
             verschwindest, (ON) ich meine raus auf
             die Straße, dann wirst du deinem
             weißen Arsch wünschen, niemals geboren
             zu sein!

HARRY: Nimm das weg, ich hab was gegen
             Hühner!

HARRY: (Atem, Laute) ... Loslassen! ... Lassen Sie
             mich los!

TOOTS: (Atem, Laute)

HARRY: (Atem, Laute)

TOOTS: (Atem, Laute)

HARRY: (Atem, Laute)

TOOTS: (Keuchen)

HARRY: (Atem) So, jetzt ist Schluß mit dem Scheiß . . . Jetzt kommen wir zur Sache, Freundchen! Okay? . . . (OFF) Ich hab euch gesehen, dich und Epiphany.

HARRY: (Atem) Euch und eure heiße Nummer mit den Hühnern . . . (Atem) . . . (OFF) Hör gut zu!

TOOTS: (Laut)

HARRY: Ich kenn mich nicht aus mit eurem Voodoo-Scheiß. . . . (Atem) Ich komm aus Brooklyn . . .

TOOTS: (Atem)

TOOTS: Wir sind keine Baptisten hier unten, Jungchen.

HARRY: (OFF) Was hat das zu (ON) bedeuten, was . . . dieses Mädchen da macht?

TOOTS: Sie ist eine Mambo, Priesterin, wie ihre Mamma, seitdem sie, . . . seit sie dreizehn ist.

HARRY: (ÜBERL) Wann hast du das letzte (ON) Mal Johnny Favorite bei so einer Hühnerabmurkserei gesehen?

HARRY: Er zog doch mit Mamma Mambo herum,
           stimmt das?

TOOTS: Ich hab dir gesagt, ich hab ihn seit vor dem
           Krieg nicht mehr gesehen.

HARRY: (4) (Atem, Laut) Was war mit dem
           Hühnerfuß in dem Scheißhaus?

TOOTS: Das bedeutet, daß ich zuviel quatsche.

HARRY: Du quatschst leider zu wenig! . . . (Atem)
           Und was hat der Stern auf (OFF) deinem
           Silberzahn zu bedeuten? . . . Ich mach dir 'n
           Vorschlag . . .

144

TOOTS: (ÜBERL) (ATEM)

HARRY: (Atem) Ich geb dir die Telefonnummer von
              meinem Hotel, und du rufst mich an, . . .
              (Atem) wenn dir doch noch was einfällt.
              (Atem)

HARRY: (Atem) Außerdem, wenn du das
              nächstemal eine Lieferung . . . (Atem)
              Hühnerfüße kriegst, dann . . . (Atem)
              brauchst du vielleicht Hilfe . . .

TOOTS: (ÜBERL) (Atem)

HARRY: Und damit du's weißt, was mich angeht, . .
              . (Atem)mir ist jedes tote Huhn lieber als
              ein lebendiges . . . (Atem)

TOOTS: (Atem)

HARRY: (Atem)

HARRY: (Atem) Nur Bullen (OFF) und schlechte
              Nachrichten klopfen nicht an.

STERNE: Nur Privatschnüffler schlafen so lange.

STERNE: Haben Sie einen schlimmen Traum
              gehabt?

HARRY: Ich war unterwegs ins Schlaraffenland.
               (2. F.: Ich war wieder mal unterwegs nach
               Mandalay.)

DEIMOS: (Laut)

DEIMOS: (Atem) 'n ganz nettes Loch haben Sie da in
               der Decke!

STERNE: (Atem, Laut)

STERNE: Hier. . . . Ist das ihr Name?

HARRY: (Atem, Laute) . . . Ja.

STERNE: (OFF) Ist das ihr Hotel?

HARRY: Was meinen Sie, wo sonst Sie hier sind?

STERNE: (OFF) Ist das Ihre Handschrift?

HARRY: (OFF)(Atem) Sieht so aus.

STERNE: Vielleicht haben Sie eine Erklärung dafür,
               warum wir den Zettel in der Hand eines
               toten (OFF) Guitarrespielers gefunden
               haben . . .

HARRY: (Atem)

HARRY: Toots Sweet ist tot?

STERNE: Ja . . . Toots Sweet . . . (Atem) Es hat nur leider 'n bißchen gedauert, bis er richtig tot war.

HARRY: Wie ist er denn gestorben?

STERNE: Technisch gesehen? . . . Erstickt an seinem Schwanz und seinem Hodensack.

HARRY: (Atem) Und nicht so technisch gesehen?

STERNE: (Atem) Sein Schwanz und seine Eier sind ihm abgeschnitten und in den Mund gestopft worden. Und daran (OFF) ist er erstickt. Und dann hat einer seine Wände mit seinem Blut neu angestrichen.

STERNE: (OFF) Also, wann waren Sie bei ihm, Angel?

HARRY: (OFF) Ich hab ihn gestern interviewt, so gegen ein Uhr.

STERNE: (OFF) Im Zusammenhang womit?

HARRY: Einem Vermißten.

STERNE: Name?

HARRY: (Atem) Jemand, der vor zwölf Jahren verschwunden ist. Ich erkannte Toots Sweet auf einem alten Foto mit ihm.

STERNE: Der Name von dem Vogel, den Sie suchen?

HARRY: Tut mir leid, den kann ich Ihnen nicht
            sagen. Da müssen Sie den New Yorker
            Anwalt fragen, für den ich arbeite.

STERNE: Name?

HARRY: (Atem) Ach, machen Sie keinen Wind! . . .
            Winesap.

HARRY: Wollen Sie seine Telefonnummer? (Atem)
            Sie brauchen nur Ihren neugierigen
            Kumpel zu fragen, der wird sie gleich
            finden.

HARRY: (OFF) Steht unter W, Sie Genie!

DEIMOS: Sie kennen Ted Williams, den
            Baseballspieler?

ENDE SIEBENTER AKT

HARRY: Ja.

DEIMOS: Herman Winesap.

STERNE: (Atem)

HARRY: (Atem) Das wär's ja dann wohl, nicht? . . .
              (Laut)

STERNE: (Rauch auspusten) . . . Ja, das wär's. . . . Von
              mir aus können Sie jetzt mit Ihren
              Geheimnissen essen gehen.
              (2. F.: 'n Spaziergang machen oder essen
              gehen.)

STERNE: (OFF) Aber gehen Sie nicht zu weit
              weg! . . . Nicht bevor wir mit diesem
              Anwalt gesprochen haben.

HARRY: (Laut)

HARRY: (Atem) Sie! . . . Es ist wie im Mickey Maus
              Club.
              (2. F.: Sie kennen doch den Mickey Maus
              Club.)

HARRY:	Wissen Sie, was heute für ein Tag ist? . . . Heute ist Mittwoch. . . . Der Tag, wo alles passieren kann.
SAXOPHONIST:	'ne kleine Spende für die Musik?

(2. Band)

MANN:	(OFF) (Schrei)

(1. Band)

SAXOPHONIST:	Kleine Spende für die Musik?
HARRY:	Ja, wenn ihr was Schönes spielt . . .
3 KINDER:	(IT?)
HARRY:	(Atem, Laute)

(2. Band)

MARGARET:	(OFF) (Schrei)

(1. Band)

HARRY:	(Laute)
HARRY:	(Atem)

(2. Band)

2 FRAUEN:	
2 MÄNNER:	(AD LIB)
MANN:	Getauft unter der Sonne Gottes!

(2. Band)
2 FRAUEN:
2 MÄNNER: (AD LIB)

HARRY: Tag, wie geht's?

MANN: Schöner Tag heute . . .

HARRY: Kann man wohl sagen . . . (kl. Lachen)

HARRY: .   Ich hab heute noch nichts gegessen. Könnt
                   ihr mir was verkaufen von dem Zeug?

2. MANN: (OFF) Können wir, Papa?

MANN: (OFF) Warum nicht?

2. MANN: (OFF) Ohne Waage?

MANN: (OFF) Mach ihm 'ne Tüte voll!

2. MANN: (OFF) Ich hab keine Tüte.

MANN: (OFF) Dann gib sie ihm so . . .

2. MANN: 10 Cent das Dutzend.

HARRY: Gut, dann geben Sie mir ein Dutzend.

HARRY: (Atem, Laute) . . . Hau ab, du Scheißvieh!
                   Hau ab! . . . (Laute)

HARRY: (Atem, Laute)

HARRY: (Laute)

3. MANN: (ÜBERL) Margaret Krusemarks alter Herr
              läßt Ihnen sagen, Sie sollen den nächsten
              Zug nach Hause nehmen.

HARRY: (ÜBERL) Sagen Sie Ihrem Scheißköter, er
              soll mich in Frieden lassen!

HARRY: (4) (Atem, Laute)

3. MANN: (ÜBERL) Wenn nicht, . . . dann frißt der
              Hund hier Ihnen Ihr Gesichtchen weg!

HARRY: (ÜBERL) (Atem) Weg da!

HARRY: Na?

EPIPHANY: Was ist denn passiert?

HARRY: Ein Hund hat mich gebissen.

EPIPHANY: Aha. Und was wollen Sie von mir?

HARRY: Zuerst mal brauche ich . . . (kl. Lacher)
              'ne große Wäsche.

EPIPHANY: Das sieht man.

HARRY: Sagen Sie mal, Epipiny . . .?

EPIPHANY: Epiphany!

HARRY: Epiphany!

HARRY: Ich möchte Sie gern mal was fragen . . .

EPIPHANY: Ja?

HARRY: Ja. Ich hab Sie neulich nacht im Wald mit
              Toots Sweet bei Ihrem verrückten
              Hühnerfest beobachtet.

HARRY:	Ich muß sagen, ihr wart ganz schön in Form!
EPIPHANY:	Na, und? Warum denn nicht? Das ist ein freies Land.
HARRY:	(Laut)
HARRY:	(kl. Lachen) Nicht für Hühner, würde ich sagen . . .
EPIPHANY:	Ach, ja, Sie haben ja Probleme mit Hühnern, ich weiß.
HARRY:	Übrigens, was ich Ihnen sagen wollte . . . Toots ist, . . . Toots ist tot.
EPIPHANY:	Ich weiß, hab ich gehört.
HARRY:	Und Sie haben was damit zu tun.
EPIPHANY:	Nein, hab ich nicht.
HARRY:	Sie haben als Einzige gewußt, daß ich zu Toots ging.
EPIPHANY:	Ja?
HARRY:	(Atem) Ja.
HARRY:	Sie haben ihm auch den Hühnerfuß mit der Schleife drum geschickt.

EPIPHANY: Ja. Damit er nicht soviel quatscht.

HARRY: Deswegen muß man ihm ja nicht gleich
            seinen eigenen Schwanz in den Mund
            stopfen. . . . Nicht sehr nette Gewohnhei-
            ten, die ihr hier habt.

EPIPHANY: Einen Mann ans Kreuz zu nageln, ist auch
            nicht gerade nett.

HARRY: Ja, ja, und Hühner sticht man ab, weil man
            gern Hühnersuppe ißt.

EPIPHANY: (ÜBERL) Wir ziehen nicht durch die Dörfer
            und bringen Leute um, Mr. Angel! . . . Was
            ist mit Ihrem Johnny Favorite?

156

HARRY: (Atem) Ah, ist Ihnen also doch noch was
              eingefallen!

EPIPHANY: Ja, er war mein Vater . . .

EPIPHANY: Mince!

HARRY: (Atem)

EPIPHANY: Wenn's dir recht ist, hol ich den Kleinen
              später. . . . Okay?

MINCE: Wann du willst.

HARRY: Also gut . . . Und wenn Sie sonst noch . . .
              irgendwas zu erzählen haben, dann sagen
              Sie es mir.

EPIPHANY: Es gibt nichts mehr zu erzählen.

EPIPHANY: Johnny ist nie aus dem Krieg
              zurückgekommen. . . . Mamma hat
              umsonst auf ihn gewartet . . . Und dann
              starb sie . . .

HARRY: Epiphany, hier liegen inzwischen schon
              zu viele Leichen herum. . . . Auch für eure
              Verhältnisse! . . . Ich sollte Ihrem Mann
              sagen, daß er ein Auge auf Sie hat.

EPIPHANY: (Atem)

HARRY:	Sie haben doch einen Mann?
EPIPHANY:	Nein, hab ich nicht.
HARRY:	Nein?
EPIPHANY:	(Laut)
HARRY:	(OFF) Mein Gott, was haben Sie für schöne Augen, Epiphany! ... Wirklich wahr! ... Wunderschöne Augen.
HARRY:	(OFF) Augen, durch die man sehen kann, was hinter ihnen vorgeht.
HARRY:	Im Augenblick haben Sie Angst.
EPIPHANY:	Ich komm schon zurecht.
HARRY:	(Atem) Laufen Sie nicht weg! Ich wollte ...
EPIPHANY:	(ÜBERL) Ja, ja, wenn mir noch was einfällt, ruf ich Sie an.
HARRY:	(OFF) He! ... (ON) Auch wenn Ihnen nichts einfällt! ... (OFF) Okay?

ENDE ACHTER AKT

NEUNTER AKT

CONCIERGE: Ich hab eine Nachricht für Sie.

HARRY: (Laut)

HARRY: (Atem) Danke.

CONCIERGE: (OFF) Keine Ursache . . .

HARRY: (Atem, Laute)

CYPHRE: Ich bin sehr froh, daß Sie kommen konnten.

HARRY: (Atem) . . . Ja, ja. . . . Ich hab gar nicht
              gewußt, daß Sie hier sind.

CYPHRE: (Atem) Ich hab hier einen Vortrag
              zu halten, und ich dachte, bei der
              Gelegenheit könnte ich mich mal
              erkundigen, wie Sie vorankommen.

HARRY: (ÜBERL) (Atem) Leider . . .

HARRY: (4) (Schneuzen, Schniefen) . . . komme ich
              nicht sehr gut voran.

HARRY: (Atem) Ich habe einiges herausbekommen.
              . . . Aber Johnny Favorite, . . . von dem hab
              ich noch keine Spur.

CYPHRE: Ach . . . Wie bedauerlich!

HARRY: (ÜBERL) Ja. Alles, was ich habe, ist ein
            Bauchladen voller Hokuspokus und, äh, . . .
            (Atem) drei Abgänge.

CYPHRE: Drei Abgänge?

HARRY: (ÜBERL) Ja.

HARRY: Ermordete, Mr. Cyphre. . . . Morde!

CYPHRE: Morde?

HARRY: Ja.

HARRY: (Laut)

HARRY: (Atem) Ja, da ist erstens ... Fowler,
             Johnnys Arzt. Der wird sich wohl selber
             weggepustet haben ...

HARRY: (Atem) ... Dann dieser alte Voodoo-Knilch,
             Toots Sweet ...

HARRY: (Atem) Der ist mit dem Teil seines Körpers
             erstickt worden, der normalerweise zum
             Pissen da ist ...

CYPHRE: (ÜBERL) Wir sind in der Kirche, Mr. Angel!

HARRY: (Atem, Husten) ... Das ist gar nicht so
             unpassend. ... Sie können sich nicht
             vorstellen, wieviel die Geschichte mit
             Religion und Aberglauben zu tun hat.

HARRY: Und ich verstehe es nicht. ... Es ist
             ekelhaft.

CYPHRE: Man sagt, es ist gerade genug Religion in
             der Welt, um die Menschen sich hassen zu
             lassen, aber nicht genug, um sich zu lieben.

HARRY: Ach, sagt man das? ... Ich werd Ihnen mal
             was sagen, Mr. Cyphre. ... Es gab auch ...
             bestimmt nicht genug Liebe auf der Welt
             für Johnny Favorite!

HARRY:	Gut, kann sein, er hatte Pech oder Unglück. . . . Aber das fängt an, auf mich abzufärben . . .
HARRY:	Ich bin bereits in zwei Fällen mordverdächtig!
HARRY:	(4) Die Polizei hat einen Zettel mit meinem Namen und meiner Adresse gefunden. . . . In der Hand von Toots Sweet.
CYPHRE:	Ich weiß. Winesap hat's mir erzählt. . . . (kl. Lachen) . . . Sie müssen sich vorsehen, Mr. Angel!
HARRY:	(Laut)
CYPHRE:	(ÜBERL) (Atem) Und der dritte? Sie sagten, es seien drei Morde . . . Ich hab Johnnys . . . Freundin aus der feinen Gesellschaft gefunden, . . . Margaret Krusemark . . .
HARRY:	Kennen Sie die?
CYPHRE:	Vage.
HARRY:	Vage?
HARRY:	Ehrlich gesagt, allmählich hab ich die Schnauze voll von diesem ›vage‹!

HARRY:	Dieses . . . ›vage‹ legt sich wie eine Schlinge um meinen Hals, und ich fange an, daran zu ersticken. Also, . . . Mr. Cyphre, kennen Sie diese Frau oder nicht?
CYPHRE:	(Atem) Ich wußte von ihr, aber ich habe sie niemals kennengelernt.
HARRY:	Also gut, folgendes ist passiert.
HARRY:	(4)Ich wollte von ihr 'n Horoskop. (Atem) Ich gab ihr Johnnys Geburtsdatum, 14. Februar '18.
HARRY:	Und dann muß sie jemand besucht haben. Und der hat seine ›Visitenkarte‹ hinterlassen.
HARRY:	Sie lag aufgeschlitzt am Boden. . . . Das Herz herausgeschnitten.
HARRY:	(Atem) Jetzt kann sie nicht mal mehr ihre eigene Zukunft voraussagen . . . (Atem)
CYPHRE:	Die Zukunft ist auch nicht mehr, was sie war, Mr. Angel.
CYPHRE:	(OFF) Und was steckt dahinter?
HARRY:	(Atem) Ich weiß es nicht. . . . Ich weiß nur, daß Johnny herumläuft und jeden Menschen abmurkst, den er mal kannte.

| HARRY: | Und mehr und mehr rutsche ich selber rein in dieses Spiel. . . . Irgendwann hat der Kerl mich am Wickel. Ich scheiß mich schon an vor Angst. |

HARRY: Und mehr und mehr rutsche ich selber rein in dieses Spiel. . . . Irgendwann hat der Kerl mich am Wickel. Ich scheiß mich schon an vor Angst.

HARRY: Sie wissen doch mehr als ich, also weswegen . . . sagen Sie mir nicht ehrlich, . . . was hier in Wirklichkeit abläuft?

CYPHRE: Nichts. Johnny Favorite ist mir was schuldig geblieben, . . . Mr. Angel.

CYPHRE: (4) (Atem) Ich habe altmodische Vorstellungen von Ehre . . . . (Atem) Sie wissen schon, Auge um Auge . . . und dergleichen . . .

165

HARRY:	Wer, verflucht sind Sie, Cyphre?
CYPHRE:	Vergessen Sie nicht, wo Sie sind!
HARRY:	Hören Sie zu! . . . Es, . . . es ist mir scheißegal, ob ich in einer Kirche bin oder nicht.
HARRY:	(4) Ich mag keine Kirchen. Kirchen machen mich krank!
CYPHRE:	Sind Sie Atheist?
HARRY:	Das können Sie annehmen. . . . Ich bin aus Brooklyn . . . (Schniefer)
CYPHRE:	(OFF) Ich werde einen bis zwei Tage (ON) hierbleiben. Wenn Sie mir was mitteilen wollen, oder wenn Sie mehr Geld brauchen . . .
HARRY:	(ÜBERL) Nein, nein, nein, nein, mehr Geld brauche ich nicht . . .
HARRY:	(Atem) Aber wenn ich nicht aufpasse, . . . dann verdien' ich mir für die fünftausend Piepen von Ihnen . . . nur 'n Platz auf dem elektrischen Stuhl.
CYPHRE:	(Atem)
HARRY:	(Atem)

HARRY: Na, komm schon! . . . (Atem) Komm rein!

HARRY: Wo ist dein Kind?

EPIPHANY: Ich hab ihn bei Mince gelassen. (OFF) Sie
bringt ihn später her.

EPIPHANY: (4) Sie hat selber 14 Kinder, also . . . wird's
ihm nicht schlecht gehen.

HARRY: Du kannst von mir aus gern hierbleiben,
wenn du möchtest, aber . . . ich kann dir
auch 'n Zimmer besorgen.

EPIPHANY: Nein, nicht nötig.

HARRY: (ÜBERL) (Schniefer)

HARRY: Weißt du was? Ich werd mir einen
            einschenken. . . . Willst du auch einen?

HARRY: (OFF) Ach, was, natürlich willst du auch
            einen.

HARRY: Ich hab inzwischen nachgedacht,
            Epiphany . . .

EPIPHANY: (OFF) Ja?

HARRY: (ÜBERL) (Atem) Ich möchte mal wissen,
            was deine Mutter an diesem Kerl gefunden
            haben kann. An diesem Johnny Favorite.

EPIPHANY: (4) (OFF) Keine Ahnung. Jedenfalls hat er
            ihr das Herz geraubt.

HARRY: (Atem) Ich sag dir die Wahrheit. . . . Der Kerl
            ist ein Widerling gewesen.

EPIPHANY: (4) Aber sie hat sich nach ihm gesehnt.

HARRY: (Atem) Kann man sich kaum vorstellen.
            (2. F.: Kannst du das erklären?)

HARRY: Was sieht eine Frau in einem Kerl, der
            rumläuft und Tauben in Stücke hackt?

EPIPHANY: Es gibt ein Sprichwort.

EPIPHANY:	›Es sind immer die Schiffe, die Mädchenherzen schneller schlagen lassen‹.
HARRY:	(ÜBERL) (Atem) . . . Ja? . . . Aha . . .
HARRY:	(Atem) Hat sie mal was erzählt über ihn?
EPIPHANY:	Über Johnny?
HARRY:	Ja.
EPIPHANY:	Nur zwei Dinge hat sie gesagt.
HARRY:	(Schlucken) Ja? Was?
EPIPHANY:	Sie hat mal gesagt, so nah . . . wie Johnny an dem wahren Bösen dran ist, so nah würde sie ihm niemals kommen.
HARRY:	Und was hat sie noch gesagt?
EPIPHANY:	Das er 'n phantastischer Liebhaber war.
HARRY:	(Atem, Laut) . . . Wie alt bist du, Epiphany?
EPIPHANY:	Sicbzchn.
HARRY:	(4) (OFF) Siebzehn? (kl. Lachen) . . . (Atem) Ziemlich jung, um schon ein Kind zu haben.
EPIPHANY:	Alt genug . . . (Laut)

169

HARRY: (Atem) ... Und wo ist der Vater hin?

EPIPHANY: Ich weiß nichts von ihm.

HARRY: (Atem) Sieh dir das an! ... Ich möchte mal
                       wissen, ...

HARRY: (4) ... warum ich dieses Zimmer
                       genommen habe.

EPIPHANY: (ÜBERL) (Lachen)

HARRY: (ÜBERL) Ganz schön verrückt. ... Es wird
                       immer mehr.

EPIPHANY: (kl. Lachen) Ich muß auch nichts wissen
                       von ihm ... (Atem) Wenn die Geister über
                       dir sind, dann wird er ein Chevalier.

HARRY: (Atem) Ach so, ja, der ist auch nicht
                       wasserdicht, mein Chevrolet.

EPIPHANY: (ÜBERL) (Lachen) Chev ... Chevalier!

HARRY: (OFF) (ÜBERL) Hab ich doch gesagt:
                       Chevrolet.

EPIPHANY: (ÜBERL) (Lachen)

EPIPHANY: Wenn die Götter einen begatten ...

HARRY:	Ach so! . . . Haben die Götter dir das Kind gemacht?
EPIPHANY:	Ja.
HARRY:	Jetzt versteh ich . . .
EPIPHANY:	(Lachen)
HARRY:	Eigentlich schade.
EPIPHANY:	Überhaupt nicht. Es war der beste Fick, den ich je hatte.
HARRY:	(Atem)
EPIPHANY:	(Atem)

ENDE NEUNTER AKT

ZEHNTER AKT

HARRY: (Atem)

EPIPHANY: Wollen wir tanzen?

HARRY: Hier? (kl. Lachen)

EPIPHANY: Ja. Hier.

HARRY: (Laute, Atem) Ich hab Schmerzen im Bein,
von dem Hundebiß. . . . Ich bin 'n bißchen
behindert . . . (Atem)

EPIPHANY: Beim Tanzen . . . wird dir nichts mehr weh
tun . . .

HARRY: (Atem) Gut, dann tanz ich mit dir.

EPIPHANY: Ja?

HARRY: Ja. Nur, du mußt mir was versprechen!

EPIPHANY: Was?

HARRY: Keine Hühner!

HARRY: (4) (Lachen) Okay.

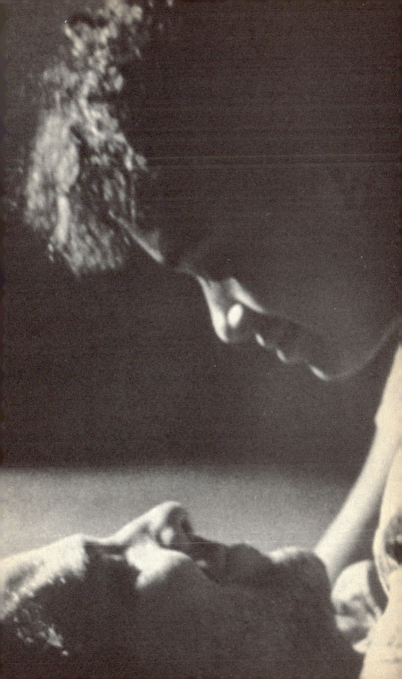

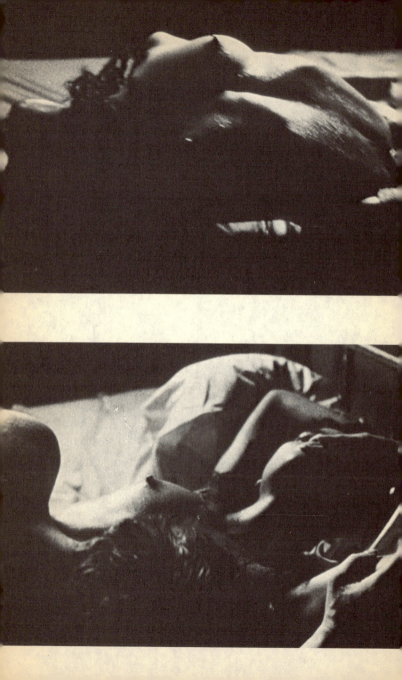

HARRY:	(Atem) Komm! . . . Spring auf!
	(2. F.: Auf geht's!)
HARRY:	(Atem, Laute)
EPIPHANY:	(Laute)
HARRY:	(Atem, Küsse)
EPIPHANY:	(Atem, Küsse)
EPIPHANY:	(Küsse)
HARRY:	(Atem, Küsse)
HARRY:	(Atem, Küsse)
EPIPHANY:	(Atem)
HARRY:	(Atem, Küsse)
EPIPHANY:	(Atem)
HARRY:	(Atem)
EPIPHANY:	(Atem)
HARRY:	(Atem)
EPIPHANY:	(Atem)
HARRY:	(Atem)

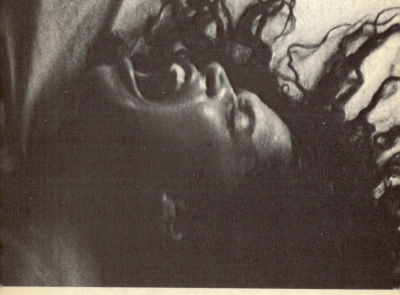

EPIPHANY: (Schreie, Stöhnen)

HARRY: (Laute)

EPIPHANY: (Atem, Laute)

HARRY: (Atem)

EPIPHANY: (Laute, Atem)

HARRY: (Atem, Laut)

EPIPHANY: (Atem)

HARRY: (OFF) Ich komm ja schon! . . . (ON)
              Am Klopfen erkennt man, wer da ist.

STERNE: Diesmal haben Sie wenigstens 'n Grund
              fürs lange Schlafen.

STERNE: Sie sollten eigentlich wissen, daß man sich
              hier nicht abgibt mit Niggern . . . Hier läßt
              man die Finger weg von den Schwarzen.

HARRY: (ÜBERL) (Atem)

HARRY: (Atem) Kann schon sein . . . Aber ich bin
              nicht von hier.

STERNE: Ist das 'ne Schnittwunde?

HARRY: Ein Hund hat mich gebissen.

STERNE: (Atem) Eine Frau mit Namen Margaret
            Krusemark, paßt die zufällig in Ihre
            Vermißtenakte?

HARRY: Nein. . . . Warum?

STERNE: (OFF) Sie ist tot. . . Dieser tote Guitarren-
            Nigger, . . . (ON) der ist mir scheißegal.

ARRY: (OFF) (Atem)

STERNE: Der stand auf Voodoo, die räumen sich
            gegenseitig weg, jede Woche zwei . . .

STERNE: Aber diese Krusemark-Dame, . . . die
            stammt aus einer reichen, weißen Familie,
            mit sehr viel Geld!

HARRY: Zwei Leute werden innerhalb einer Woche
            umgebracht. Gibt es einen
            Zusammenhang?

STERNE: Die Umstände sind ähnlich.

HARRY: Was für Umstände? Hat man ihr auch den
            Schwanz abgeschnitten?

STERNE: Nein.

STERNE: (4) Jemand hat ihr das Herz
            rausgeschnitten, professionell wie 'n
            Schlachtermeister!

HARRY:	Ich habe Ihnen gesagt, ich suche einen Vermißten und keine Mörderbande. Also lassen Sie mich in Frieden!
STERNE:	(Atem)
STERNE:	(4) Ich will den Namen wissen von dem Knilch, den Sie suchen.
HARRY:	(ÜBERL) Auch das hab ich Ihnen gesagt: Fragen Sie den Anwalt in New York!
STERNE:	Ich hab ihn gefragt.
STERNE:	Und was hat er geantwortet? . . . Genau denselben Scheiß hat er erzählt wie Sie!
HARRY:	(ÜBERL) (Schniefen)
HARRY:	Von mir hören Sie nichts, Sie und Ihre Spürnase da hinten. Ich würd mich an Ihrer Stelle . . . verpissen und mir nicht den Tag versauen . . .
STERNE:	(ÜBERL) Du redest nicht mit Niggern, (OFF) du Arschwisch!
STERNE:	(4) Nimm die Schnauze nicht zu voll, das rate ich dir! Sonst stopf ich sie dir und ver- kork dir damit (OFF) deinen vorlauten Arsch!

HARRY:	(ÜBERL) (Atem)
HARRY:	(Atem) Diese Krusemark-Braut . . . (Atem) stand auf Sternguckerei und Schwarze Magie und solchen Scheiß.
STERNE:	(Atem) Das ist das Schlimmste, was uns passieren kann, wenn die jemand' aus so irren Gründen umlegen.
HARRY:	(Atem)
STERNE:	(Atem) Tut mir leid, wenn ich zu grob war. . . . Ihre Niggerin da drinnen kann ja den Kaffee aufwischen!
EPIPHANY:	(OFF) ›Ich hab geträumt nur von dir . . .‹
EPIPHANY:	(OFF) ›. . . geträumt nur . . . von dir . . . du . . . (ON) bist . . . so . . . süß . . .‹
EPIPHANY:	(OFF) ›Ich hab (ON) geliebt . . . immer nur dich, . . . geliebt immer nur dich . . . geliebt . . .‹
HARRY:	Was singst du da für ein Lied?
EPIPHANY:	Kennst du es nicht? Es ist von Johnny Favorite, meine Mamma hat's mir immer vorgesungen.
EPIPHANY:	Alles okay?

181

HARRY: (Atem) Ja . . . (Atem)

EPIPHANY: (OFF) › . . . daß du allein zu mir kamst . . .
                (ON) und in die Arme . . . mich nahmst . . .
                (OFF) macht mich verwirrt . . .‹

HARRY: (ÜBERL) (Atem)

HARRY: (Atem)

FAHRER: (Laute)

FAHRER: (Schreie)

HARRY: (Atem)

HARRY: (Atem)

FAHRER: (Laute)

HARRY: (Atem)

HARRY: (Stöhnen, Atem)

HARRY: (Atem, Laute)

HARRY: (Atem, Laute) . . . Oh, Scheiße! . . . (Laute)

3 MÄNNER:
3 FRAUEN: (AD LIB)

3 MÄNNER:
3 FRAUEN: (AD LIB)

3 MÄNNER:
3 FRAUEN: (AD LIB)

3 MÄNNER: (AD LIB)
KIND: (AD LIB)

ENDE ZEHNTER AKT

ELFTER AKT

HARRY: (Atem, Laut)

KRUSEMARK: Was wollen Sie, Mr. Angel?

HARRY: Ich dachte, Sie wüßten das bereits.

KRUSEMARK: Warum sollte ich?

HARRY: Weil zwei von Ihrer schwachsinnigen
                Leibgarde mir seit Tagen mit einem Pudel
                das Leben schwer machen. . . . Ich bin auf
                der Suche nach Johnny Favorite.

KRUSEMARK: Soweit ich weiß, ist dieser
                Nachtclubschnulzenverkäufer tot.

HARRY: Dieser Nachtclubschnulzenverkäufer
                könnte Ihre arme Tochter umgebracht
                haben.

KRUSEMARK: Für wen arbeiten Sie?

HARRY: (kl. Lacher) Kann ich nicht sagen.

KRUSEMARK: Wenn ich bezahle?

HARRY: Die zahlen auch . . . Sie haben vor zwölf
Jahren gemeinsam mit Ihrer Tochter
Favorite aus einer Nervenklinik im Norden
abgeholt.

HARRY: (Atem) Sie haben einem drogensüchtigen
Arzt 25.000 dafür bezahlt, daß er vorgibt,
Johnny wäre noch immer da. . . . Und das
hat der auch brav gemacht, bis vor einer
Woche.

HARRY: (Atem) Sie haben sich Edward Kelly
genannt . . . (Atem, Laute)

KRUSEMARK: Kommen Sie ins Haus, da ist es nicht so
laut. Da kann man sich besser unterhalten,
und Sie können unsere Gumbosuppe
probieren.

HARRY: Danke. Ich hab zuviel Säure im Magen. . . .
Außerdem, die Art, wie hier gekocht wird,
vertrag ich nicht.

KRUSEMARK: Die Suppe ist hervorragend! Ein Jammer,
daß Ihr Magen so empfindlich ist.

KRUSEMARK: Ich war Edward Kelly. . . . Von mir bekam
Fowler die 25.000.

HARRY: (Atem) Hat Favorite Sie gekannt?

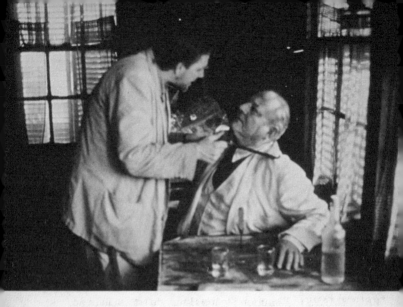

KRUSEMARK: (OFF) Nein.

KRUSEMARK: Er verhielt sich wie ein Schlafwandler, er
starrte aus dem Fenster auf die Lichter, die
vorbeihuschten.

HARRY: Wo brachten Sie ihn hin?

KRUSEMARK: (Atem) Times Square. Es war
Neujahrsabend 1943.

KRUSEMARK: (4) (OFF) Wir haben ihn aussteigen lassen,
und er verschwand in der Menge. . . . Für
immer aus unserem Leben. . . . (ON)
Jedenfalls dachte ich es.

HARRY: (ÜBERL) (OFF) Sie wollen mir erzählen, Sie
              (ON) bezahlen 25.000 für jemand(en), den
              Sie einfach so verschwinden (OFF) lassen?

KRUSEMARK: (ÜBERL) Ich tat es für meine Tochter!

KRUSEMARK: (Atem) Sie und Johnny hatten mit allem
             möglichen Hokuspokus herumgespielt.
             Meine Tochter war besessen.

HARRY: Auf ihrer Kommode lag eine mumifizierte
              Hand.

KRUSEMARK: Die Hand des Mörders. . . . Sie öffnet jede
             verschlossene Tür.

187

KRUSEMARK: (Atem) Es war die rechte Hand eines
verurteilten Mörders, abgehackt, als
sein Kopf noch auf dem Hals saß. (OFF)
Jedenfalls hat Margaret das (ON)
geglaubt.

HARRY: Schwarze Magie?

KRUSEMARK: Schwarze, weiße, was macht das für einen
Unterschied. Margaret war schon
immer . . .

HARRY: Böse.

KRUSEMARK: Das Böse ist ein Misthaufen, Mr. Angel! . . .
Jeder hockt auf seinem eigenen und
quatscht über den eines anderen . . .
Margaret war nicht böse!

KRUSEMARK: Sie konnte . . . sie fing an, Tarotkarten zu
legen, bevor sie sechs war.

HARRY: Wer hat sie das gelehrt?

KRUSEMARK: (OFF) Eine Magd, die Gouvernante, wer
weiß . . .

HARRY: Eine Magd, eine Gouvernante. Alles,
was Sie mir erzählen, ist ein Topf voll
Scheiße! . . . Sie haben sie dazu gebracht!

HARRY: (OFF) Sie sind der verdammte
Teufelsanbeter!

KRUSEMARK: Der Fürst der Finsternis beschützt die
Mächtigen!

HARRY: (ÜBERL) Das ist ein Topf voll Scheiße!

KRUSEMARK: (ÜBERL) Es ist die Wahrheit, ob Sie's
glauben oder nicht!

HARRY: (4) Sie kommen jetzt sofort mit mir mit, oder
ich schwöre Ihnen, ich erspar' dem Staat
eine Hinrichtung!

KRUSEMARK: Johnny Favorite war sehr mächtig. . . .
Ich hab ihn Margaret vorgestellt.

189

KRUSEMARK: (4) (Atem) Ich habe mal mitangesehen, wie er Luzifer heraufbeschworen hat. Er verstand davon viel mehr als ich.

KRUSEMARK: (4) (Atem) Einen Pakt mit Satan hat er gemacht. Er hat ihm seine Seele verkauft.

HARRY: (ÜBERL) Glauben Sie Idiot, daß ich das schlucke?

KRUSEMARK: (ÜBERL) Ob Sie's schlucken oder ausspucken, ist mir egal!

HARRY: (ÜBERL) Das ist ein Topf voll Scheiße!

HARRY: Sie lügen, Sie alter, verdammter Scheißkerl!

KRUSEMARK: (ÜBERL) Er verkaufte seine Seele, um ein Star zu werden!

HARRY: (ÜBERL) Ein Star? Ach, Quatsch!

HARRY: (4) Ein Topf voll Scheiße! . . . (OFF) Nichts als ein Topf voll Scheiße!

KRUSEMARK: (ÜBERL) Satan erhob sich aus der Tiefe. Es war phantastisch! (OFF) Und Johnny dachte, er könnte Satan überlisten.

KRUSEMARK: (4) Johnny verkaufte seine Seele. Und dann, als er berühmt geworden war, wollte er sich drücken.

HARRY: Das ist ein Topf voll Scheiße, Sie lügen!

KRUSEMARK: (ÜBERL) (OFF)Johnny (ON) entdeckte ein obskures Ritual in einem alten Manuskript.

KRUSEMARK: (4) (Atem) Er suchte ein Opfer, (OFF) jemand' in seinem Alter.

HARRY: (ÜBERL) (Atem) Warum?

KRUSEMARK: (ÜBERL) Um ihm die Seele zu stehlen!

HARRY: (4) Sie lügen, Sie Scheißkerl!

KRUSEMARK: (ÜBERL) (OFF) Also schnappten sie sich einen jungen Soldaten . . .

HARRY: Einen . . . Wen?

KRUSEMARK: (4) Einen jungen Burschen. Einen jungen Soldaten, (OFF) der auf dem Times Square Neujahr feierte.

HARRY: (ÜBERL) (Atem) Und dieser Soldat?

KRUSEMARK: (4) Den nahmen sie mit in Johnnys Hotel, (OFF) und da fand dann die Zeremonie statt.

HARRY: Welche Zeremonie?

KRUSEMARK: (4) (Atem) Sie banden den Jungen nackt
              auf eine Gummimatratze. Dann haben sie
              Zaubersprüche heruntergebetet, in Latein
              und Griechisch . . . (Atem)

KRUSEMARK: (4) (OFF) Ein Pentagramm wurde in seine
              Brust eingebrannt. Margaret (ON)
              überreichte Johnny einen jungfräulichen
              Dolch, (OFF) und er schlitzte den Jugen
              sauber auf und aß sein Herz.

HARRY: (ÜBERL) (Atem, Laute)

192

KRUSEMARK: (4) (Atem) Johnny schnitt so schnell, daß
das Herz noch schlug, während er es
hinunterschlang.

HARRY: (ÜBERL) (Laute)

HARRY: (Laute)

KRUSEMARK: (ÜBERL) (OFF) Johnny dachte, so könnte
er aussteigen und als anderer wieder
auftauchen.

KRUSEMARK: (4) Aber bevor es überhaupt dazu kam,
haben sie ihn eingezogen. . . . (Atem) Und
dann wurde er verletzt und nach Hause
geschickt, und er wußte nicht, wer er war.

HARRY: (ÜBERL) (Laute) . . . Wer war der Junge?

KRUSEMARK: (4) Johnny nahm dem jungen die
Erkennungsmarke ab, und die versiegelte
er in einer Vase, und die gab er Margaret . .
. (Atem)

KRUSEMARK: (4) (Atem) Margaret kam auf die Idee, ihn
am Times Square abzusetzen. (Atem)
Denn da war der letzte Ort, wo er gewesen
war, bevor es passierte.

HARRY: (Atem)

HARRY: (Atem, Laute)

(2. Band)

KRUSEMARK: (OFF) Er brauchte ein Opfer. . . . Jemand' in seinem Alter, . . . um ihm die Seele zu stehlen.

(2. Band)

KRUSEMARK: (OFF) Und er schlitzte den Jungen sauber auf und aß sein Herz.

HARRY: Wer, wer war der (OFF) Junge?

(2. Band)

HARRY: (OFF) Johnny dachte, so könnte er aussteigen und als ein anderer wieder auftauchen.

(2. Band)

KRUSEMARK: (OFF) Mag sein, daß er in Besitz der Seele des anderen kam. . . . Aber er sah noch so aus wie Johnny!

(1. Band)

KRUSEMARK: (Atem)

HARRY: (Schrei)

HARRY: Oh, . . . Scheiße! . . . (Atem)

HARRY: (Atem)

HARRY: (Atem)

194

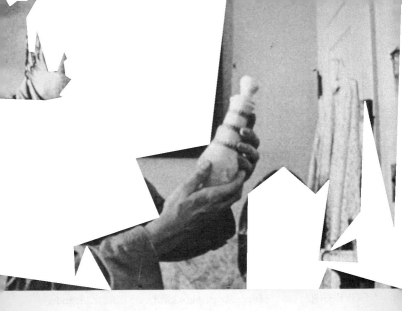

HARRY: (Atem)

HARRY: (Atem, Schrei) . . . Nein! . . . (OFF) (Schreie)

HARRY: (OFF) Ich weiß, wer ich bin! . . . Ich weiß,
              wer ich bin! . . . Scheiße! . . . (ON) (Atem)

ENDE ELFTER AKT

ZWÖLFTER AKT

HARRY: (Atem)

CYPHRE: (OFF) Ach, ja! . . . (ON) Wie furchtbar ist
                Wissen, wenn er den Wissenden keinen
                Gewinn bringt, Johnny.

HARRY: Louis Cyphre . . . Luzifer . . . (kl. Lacher) . . .
                Sogar Ihr Name ist ein
                Ramschladenscherz.

CYPHRE: Mephistopheles klingt so übertrieben in
                Manhattan, Johnny.

HARRY: (Atem) Denken Sie, weil Sie sich . . . als
                Teufel ausgeben . . . und weil Sie damit
                einem abergläubischen alten
                Guitarrespieler . . . und einer Hexe Angst
                gemacht haben . . . und einem törichten
                alten Mann . . .

HARRY: Denken Sie, daß das mir auch Angst
                macht? (Lachen) . . . Nein. . . . Denn ich
                weiß, wer ich bin.

HARRY: Sie haben sie umgebracht, . . . und
                anhängen wollen Sie es mir! . . . (OFF)
                Aber ich weiß, wer ich bin.

196

CYPHRE: (Atem) Wenn ich einen gespaltenen Huf
             und einen Schwanz hätte, würde dich das
             überzeugen?

HARRY: (Atem) Sie sind wahnsinnig. (Atem) Sie
             wollen mir Angst machen. Ich weiß, wer
             ich bin.

HARRY: Sie wollen mir Angst machen. . . . Ich weiß,
             (OFF) wer ich bin. . . . Sie haben diese Leute
             umgebracht. . . . Ich hab noch nie
             jemand(en) getötet.

HARRY: (Atem) Weder diesen . . . Fowler, . . . (Atem)
             noch, . . . (Atem) noch den alten Toots . . .
             (Atem)

197

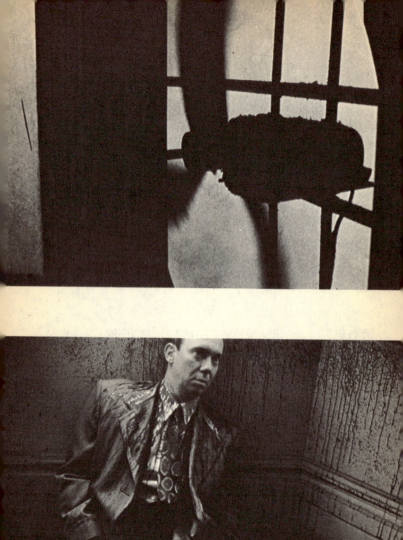

HARRY:	(4) (OFF) Ich hab auch Margaret nicht umgebracht und, . . . und den verrückten (ON) Krusemark auch nicht! Niemand(en)!
CYPHRE:	(Atem) Ich fürchte, das hast du doch, Johnny!
HARRY:	Mein Name ist nicht Johnny!
CYPHRE:	Du hast sie umgebracht, sie alle! . . . Unter meinem Einfluß, natürlich. . . . (Atem) Offen gesagt, . . . du warst verdammt von dem Augenblick an, als du den armen Jungen aufgeschlitzt hast, (OFF) Johnny!
HARRY:	(ÜBERL) (Atem)
HARRY:	(Atem, Laut)
CYPHRE:	(OFF) (ÜBERL) Zwölf Jahre lang hast du mit (ON) geborgter Zeit gelebt und mit dem (OFF) Gedächtnis eines anderen.
HARRY:	(Atem) Das alles . . . ich werd das Winesap erzählen, der weiß, daß . . .
CYPHRE:	(ÜBERL) Winesap? . . . Der ist tot. . . Er hatte einen scheußlichen Unfall.
CYPHRE:	Keine Bange. Ein Anwalt mehr oder weniger, was hat das schon zu bedeuten. Der Tod ist heute überall, Johnny.

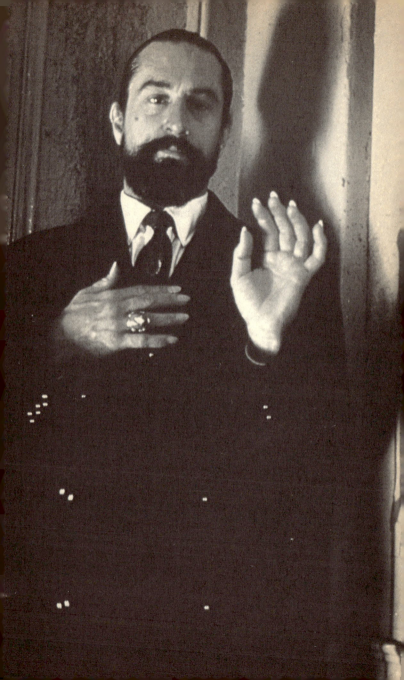

CYPHRE: (OFF) (Atem) Was gibt dem (ON) menschlichen Leben seinen Wert? . . . Seine Bedeutung? . . . Ob irgend jemand es liebt? . . . Oder es haßt?

CYPHRE: Das Fleisch ist schwach, Johnny. . . . Nur die Seele ist unsterblich.

CYPHRE: Und deine Seele, Johnny, gehört mir!

HARRY: (Atem) Ich . . . (Atem) Ich weiß, wer ich bin!

CYPHRE: (OFF) So ist das, Johnny! Sieh genau hin!

HARRY: (Schluchzen)

CYPHRE: (OFF) Wie geschickt du dich auch an einen Spiegel heranschleichst, das Spiegelbild sieht dir direkt ins Auge.

HARRY: (ÜBERL) (Atem) Ich weiß, wer ich bin! . . .
                (Atem, Schluchzen)

HARRY: (Atem) Ich weiß, wer ich bin! (Schluchzen)

HARRY: (Schluchzen)

HARRY: Ich weiß, wer ich bin! Ich weiß . . .

EPIPHANY: (Schreie)

HARRY: (Atem)

HARRY: (Atem)

STERNE: Was denn? Sie kommen zurück?

HARRY: (Atem) Ich wohne hier.

STERNE: Wer ist sie? . . . (OFF) Das stimmt wohl
              nicht . . . Angel . . . Harold.

HARRY: (Atem) Sie ist meine Tochter.

STERNE: Blödsinn. . . . Wer ist sie?

HARRY: (Atem) Sie heißt . . . Epiphany Proudfoot. . .
              Sie hat auch hier gewohnt . . . (Schniefen)

STERNE: Gute Gelegenheit, sie umzubringen. . . . Ihr
              Revolver steckt in ihrer Möse.

STERNE: Du wirst brennen (2. schmoren) dafür,
              Angel!

HARRY: Ich weiß . . . (Schlucken, Atem) . . . In der
              Hölle.

ENDE DES FILMS

Band 13 140
Paul Monette

Predator
Deutsche
Erstveröffentlichung

Sieben harte Männer. Der Krieg ist ihr Metier, der Tod ihr Berufsrisiko. Doch diesmal ist es anders, kein Krieg, sondern ein Kampf gegen die tödlichste Kreatur, die es jemals auf der Erde gegeben hat. Gegen den *Predator*. Und er holt sie sich. Einen nach dem anderen. Es gibt kein Entkommen, und jeder Tod wird entsetzlicher. Dann bleibt nur noch einer übrig. Major Allan Schaefer. Im Herz des Dschungels nimmt er den Kampf gegen das mörderische ›Ding‹ auf.

Das Taschenbuch zum Action-Film des Jahres mit Arnold Schwarzenegger in der Hauptrolle.

Band 13 118
Joel Norst
**Lethal Weapon –
Zwei stahlharte Profis**
Deutsche
Erstveröffentlichung

Niemand möchte gemeinsame Sache mit Martin Riggs machen –
es sei denn, er sucht nach einer Möglichkeit, so schnell wie möglich zu sterben.
Er ist ein Cop in Los Angeles, ein Vietnam-Veteran, ein registrierter
Todesbringer. Wahrscheinlich ist er geistesgestört, wenn man
bedenkt, mit welchem Ehrgeiz er das Risiko sucht. Und auf jeden
Fall ist er gefährlich. Sehr gefährlich. So gefährlich, daß ihm selbst
seine Kollegen aus dem Weg gehen.
Als die Tochter eines Police-Detektives von ausgebildeten Killern
gekidnappt wird, wird die ›Stadt der Engel‹ zur Hölle. Genau der
richtige Job für einen irren Selbstmörder. Oder für eine mensch-
liche Killermaschine.
Riggs ist beides. Schade um seine Feinde.

Band 13 117

Martin Owens

**Das Geheimnis
meines Erfolges**

Deutsche
Erstveröffentlichung

Frisch vom College entlassen, ist Brantley Foster voller Optimismus und Elan – er will einer von denen werden, die in New York das
große Geld gemacht haben. Sein Ehrgeiz bekommt allerdings
einen kräftigen Dämpfer, als er erkennt, daß manchmal nicht nur
aller Anfang schwer ist: Seine Wohnung entpuppt sich als die letzte
Absteige, und das Unternehmen, das ihn anstellen wollte, macht
an seinem ersten Arbeitstag Konkurs.
Wiederwillig wendet sich Brantley an seinen stinkreichen und ein-
flußreichen Onkel Howard, der so gnädig ist, ihn als Laufjungen zu
beschäftigen. Aber weil Brantley ein Mensch ist, der nicht leicht
unterzukriegen ist, kommt ihm unter diesen neuen Umständen der
geniale Einfall, der ihn endlich auf den direkten Weg zum Erfolg
bringen wird. Das glaubt Brantley, dieser Träumer, denn bevor er es
sich noch anders überlegen kann, steckt er schon mitten drin in der
Katastrophe . . .